悪役三姉妹は
設定どおりの
破滅へは向かわず、
悪役令嬢ハーレムエロス！
赤川ミカミ
Mikami Akagawa
illust: 黄ばんだごはん
KiNG novels

王道・悪役令嬢
フリソス・ブラーティーン

天才肌の我が儘娘
クプルム・ブラーティーン
悩める可憐な転生者
プラタ・ブラーティーン

「むぎゅーっ♪
あたしたちに抱きつかれて、
気持ちいいでしょ？」
「あふっ、ん、はぁっ……♥」
「お姉様、おち○ぽで
気持ちよさそうに
してますね♪」

悪役令嬢ハーレムエロス!

～悪役三姉妹は設定どおりの破滅へは
向かわず、俺に抱かれ幸せになる～

赤川ミカミ
illust:黄ばんだごはん

KiNG novels

悪役令嬢ハーレムエロフ！

contents

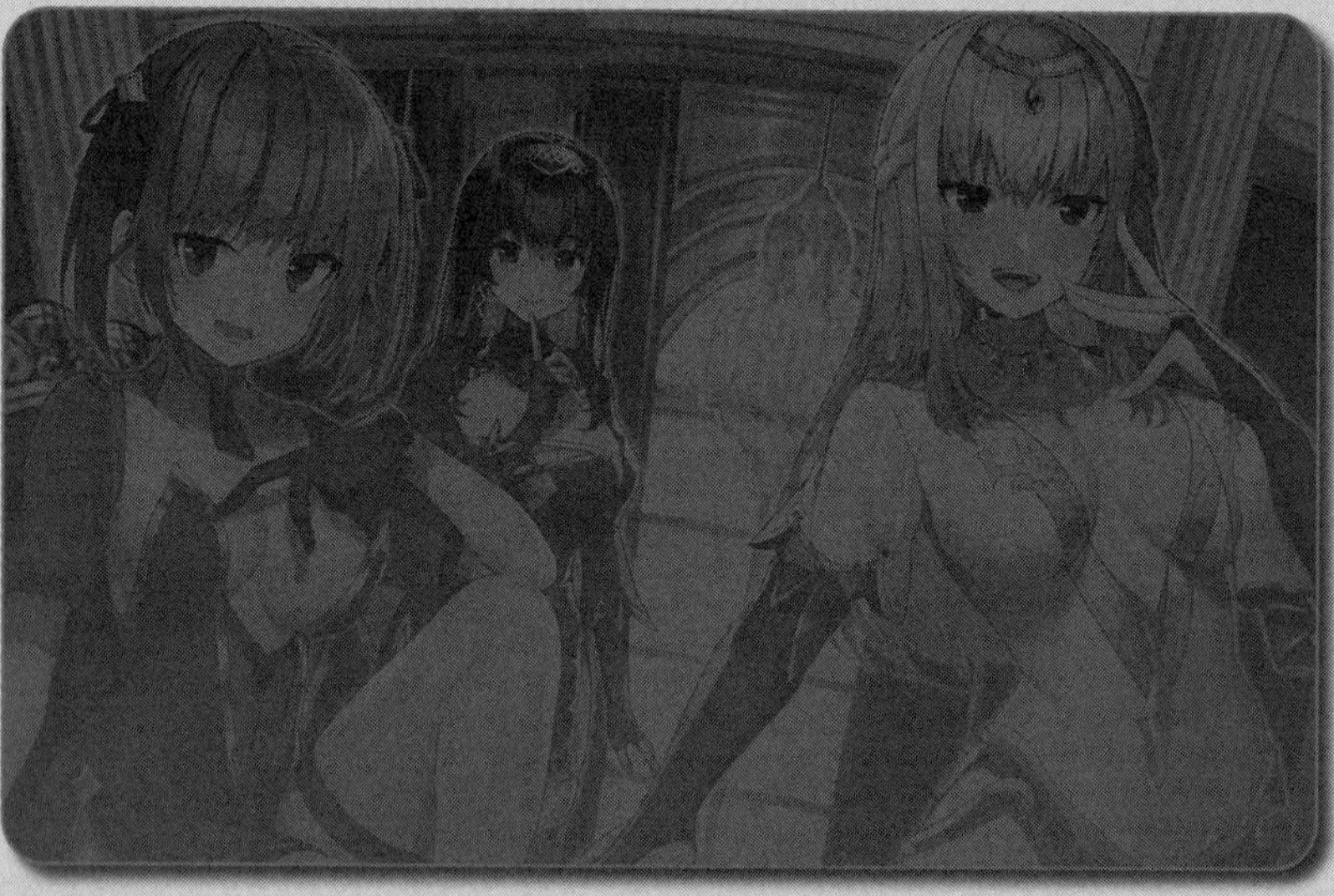

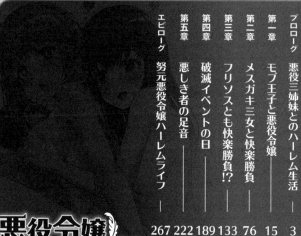

プロローグ　悪役三姉妹とのハーレム生活

主に貴族の子女が集う学園。

その寮もまた、学生寮という名称が似つかわしくないほど、上流の子女たちにふさわしいものが用意されている。

特に俺、第三王子シュタール・アダマースの部屋は、そんな学生寮の中でも最上のものだった。

寝室こそひとつであるものの、王宮の自室と変わらない調度が揃い、ひとりでは大きすぎるほどのベッドが据え付けられている。

もし俺が生粋の王子様なら、それが普通であり、特に思うところもないのかもしれない。

俺がそこに違和感を持つのは、前世の記憶があるからだ。

元の俺は、なんてことのない現代日本の一般人だ。

それが、この国の第三王子に生まれ変わり、転生からの勝ち組人生へ――と、なりそうなものだったが、ここはただの異世界ではなかった。

前世の記憶によれば、ここは有名な乙女ゲームの世界だ。

そして第三王子である俺は――攻略対象でもなんでもない、モブキャラである。

兄である第一王子カスティロスのシナリオ内で、ちょろっと話に出てくるだけの存在。原作では立ち絵すら用意されていないような、見事なまでのモブだった。

そんなわけで華やかな勝ち組人生とはいかないが、前世よりはずっと良い環境だし、原作に影響を受けない存在である分、気楽に生きようと思っていた。

しかし——そうはいかないようだった。

「シュタールさん、こちらに」

「ああ」

ここは俺の部屋だが、今いるのは自分だけではない。

ベッドから俺を呼んだプラタに、その姉妹であるフリソスとクプルム。

三人の美女が、寝室で俺を待っている。

彼女たちは、この世界でも屈指の美女姉妹だ。

このゲームの主人公は、素朴で庶民的な女性だった。それでもお約束で、健気で可憐な美少女なわけだが、そんな主人公と対をなすのが彼女たち。派手な外見の美女である、悪役令嬢姉妹だった。

俺はひょんなことから彼女たちを破滅エンドから救うことになり……。

そしてその結果、全員とそういう関係になっていた。

今ではこうして、三姉妹そろって、毎晩のように俺を求めてくれている。

転生直後に思い描いた豪勢な暮らしなんかよりも、ずっと素敵な状態だといえる。

まずは、さきほど声をかけてきた、三姉妹の次女であるプラタ。

長い黒髪の美女で、三姉妹の仲では唯一、大人しいタイプだ。

彼女は、この世界での俺の人生を大きく変えたきっかけでもある。

なぜかというと、このプラタだけは、俺と同じく転生者なのだ。

ちらっと話に出るだけのモブ位置である俺とは違い、彼女には、そのままいけば確実な破滅が待っていた。

そんな彼女に頼られたことで、俺の生活は大きく変わった。

もちろん、モブ王子としてのんびり生きるよりも、大変になった部分もあったが……。

こうして彼女たちに囲まれ、ハーレムな日々を送れるようになったことを考えれば、前世同様に、
ただぼんやりと日々をやり過ごすだけよりも、ずっとよかったのは確かだ。

「えいっ」

ベッドに近づくと、三女であるクプルムが俺に飛びつくようにして、そのままベッドへと押し倒してきた。

ツインテールの髪を揺らして迫る彼女は小柄であり、その生まれもあって生意気なメスガキだ。

しかし今では、そんなメスガキ的振る舞いの奥にも、可愛らしさを感じ取ることができる。

「押し倒されて……ニヤついてるわよ、ヘンタイ」

クプルムは俺を見つめて言うと、抱きつきながらも下半身へと手を伸ばしてくる。

小さな手がズボンの内側、その下着の中にまで入り込んできて肉竿を握った。

「クプルムも、楽しそうですわね」

長女であるフリソスが、そう言いながら俺の顔をのぞき込んできて、そのまま唇を重ねてきた。

金色の髪をハーフアップにしている、まさに悪役令嬢というタイプの美人だ。

元々その容姿に惹かれていたこともあり、彼女の顔が触れるだけで俺は鼓動が速くなる。

「あ、おちんちん、パンツの中ですごく大きくなってきた」

肉竿をいじりながら言うクプルム。

小さな手にいじられるのも気持ちよく、当然そこには血が集まっていく。

「あはっ、先っぽがはみ出してきちゃってる♪」

勃起竿の先端が下着から飛び出ると、彼女は嬉しそうにそこをいじってきた。

「脱がせちゃおっと」

クプルムが下着ごと俺のズボンを下ろし、肉竿を解放する。

「シュタールさん」

上半身を起こすと、今度は後ろからプラタが後ろから抱きついてきた。

彼女の柔らかな胸が、背中に押し当てられて心地いい。

その吐息も。首筋をくすぐってくる。

「んっ……」

「おちんぽ、もうこんなにガチガチにして……待ちきれないって感じね♪」

後ろから抱きつかれる心地よさを感じている間にも、クプルムは露出させた俺の勃起竿をいじっていく。

その小さな手が肉竿をつかみ、しごいてきた。

「熱くて硬いおちんぽ……♥　しーこ、しーこ♪」

手コキをされて感じていると、フリソスが再び俺の正面に回ってくる。

「ん、ちゅ……♥」

そしてそのままキスをしてきた。

唇の感触を感じ、すぐに離れる。

「ちゅっ、れろっ……」

そして再びのキス。

次は舌を伸ばしてきた彼女に、こちらも舌を突き出す。

「れろっ、ん、ちゅぷ……」

そのままお互いに絡め合う。

プラタに後ろから抱きつかれ、フリソスとキスをしながら、クプルムに手コキをされる。

三人の美女を全身で感じるのは、男としての幸福だ。

「しーこ、しーこ……」

「れろっ、ちゅぱっ……」

「シュタールさん、ぎゅー♪」

彼女たちに包み込まれ、前後から柔らかなおっぱいが当たる。

舌を愛撫し、肉竿をしごかれて、快感が膨らんでいった。

「ん、しょっ……姉様たちに密着されながらおちんぽしごかれるの、気持ちいい？」

「れろっ、ちゅっ、んぁ……♥」

クプルムの問いかけに応えようとしても、フリソスが舌を絡めてきて、声を出すことはできない。

「ん、はぁ……」

そしてようやく口を離したフリソスが、潤んだ瞳で俺を見つめた。

その表情に興奮が高まる。

プラタが後ろから離れると、フリソスがそのまま俺を押し倒してきた。

抵抗せずに仰向けになると、彼女は末の妹に声をかける。

「クプルム」

そうして、自分の身体を後ろへとずらしていった。

クプルムが肉竿から手を離すと、下着を下ろしたフリソスが俺へと跨がってくる。

「ん、はぁっ……♥」

彼女は俺の肉竿をつかむと、自らの膣口へと導いていく。

「あんっ……」

触れ合うと、くちゅ、と卑猥な音が響く。

キスで十分に濡れていたようだ。

愛液が肉竿を濡らし、彼女がゆっくりと腰を下ろしていく。

「んはぁ、ああっ……♥」

肉棒が膣道をかき分けながら侵入していく。

「んっ、あふっ……」

そしてフリソスは腰を落として、騎乗位で繋がる。

「シュタールのガチガチおちんぽ♥　わたくしの中に、ん、はぁっ……」

熱くうねる膣襞《ちつひだ》が肉棒を包み込む。

濡れた蜜壺がきゅっと肉竿を締めつけ、快感を送り込んできた。

「んっ、はぁ、ああっ……」

そしてフリソスが、俺の上で腰を動かし始める。

膣襞が肉竿をしごき上げ、彼女の身体が俺の上で動く。

彼女のほうも感じているようで、その動きはすぐに大きくなっていった。

「あふっ、ん、はぁっ……♥」

フリソスが俺に跨がり、大胆に腰を振っていく。

その腰振りに合わせて、彼女の爆乳が弾んでいく。

日頃から目を惹くそのたわわな果実は、見上げるとより大迫力だ。

その爆乳おっぱいがたゆんっ、たぷんっと揺れる様子はあまりにエロく、思わず見とれてしまう。

「んぁっ、あ、ん、はぁっ！」

フリソスは快楽を求めて、大きく腰を動かしていく。

蠕動する膣襞が肉棒を擦り上げ、快感を送り込んできていた。

膣内の気持ちよさに加え、弾むおっぱいの絶景。

そんな幸せを感じている俺に、プラタとクプルムが身体を寄せてくる。

ふたりのおっぱいが、柔らかく俺の身体に押し当てられる。

揺れる胸を見て意識していたところにリアルな感触がきて、普段以上に敏感になってしまう。

「んっ、あっ、中で、跳ねて、んはぁっ♥」

その興奮は肉竿にも伝わり、腰を振るフリソスがあられもない声をあげる。

「お姉様、シュタールさんのおちんぽで気持ちよさそうにしてますね♪」

「むぎゅーっ♪　あたしたちに抱きつかれて、シュタールも気持ちいいでしょ？」

妹ふたりが左右から抱きつきながら、楽しそうに口を開く。

彼女たちの柔らかさと甘い匂いに包まれて、幸福感と快感で蕩けていく。

むぎゅむぎゅと押し当てられる胸に、肉竿をしごき上げてくる蜜壺。

三姉妹によるハーレムプレイを、全身で感じていくのだった。

「あっ、ん、ふぅっ、んはぁっ♥」

俺の上で、フリソスすぐに乱れていく。

「シュタールさん、あむっ♪」

プラタが耳を軽く口に含み、刺激してくる。

くすぐったさに加えて、なんだか恥ずかしさが湧き上がる。

そこに肉竿への快楽が加わって、なんだか耳をいじられるのも、気持ちよくなっていった。

「シュータル、んっ……」

そしてクプルムも抱きつきながら、俺の手を自らの脚の間へと導いていった。

それに従って、彼女の割れ目をなで上げる。

「んぁっ♥」

クプルムの一本筋からはもう愛液があふれていて、俺の指を濡らしていく。

そのまま往復させていくと、彼女は股を押しつけるようにして、さらに刺激を求めてきた。

「んんっ、はぁ、ああっ、シュタール、ん、ふぅっ♥」

その間にも、俺の上で腰を振っていくフリソス。

昂ぶる様子と蜜壺の気持ちよさに、俺もどんどんと極まっていく。

「はぁ、あっ、ん、ふぅっ、わたくし、あっ♥　そろそろ、んぁっ！」

嬌声をあげて感じていくフリソス。

うねる膣内が肉竿をしごき上げ、こちらに大きな快感を送り込んでくる。

騎乗位でおっぱいを揺らしながら腰を振る長女と、左右から抱きつき、胸やおまんこを押しつけてくる妹たち。

美女三姉妹とのハーレムプレイで、俺も限界が近い。

「あっあっ♥　ん、もう、イクッ……！　はぁ、んぁっ！」

俺の上で乱れながら、フリソスはラストスパートをかけてくる。

「わ、すごいですね……お姉様ってばあんなに乱れて……それにシュタールさんも、すごく気持ちよさそうなお顔になってます」

プラタに耳元でそんなことをささやかれ、恥ずかしさと興奮が増していく。

「んっ……シュタール、もう出ちゃうの？　姉様の中で、白いのびゅーびゅーでちゃうの？」

クプルムが煽るように言ってくるが、実際、すぐにでも出しそうだ。

「いいですわよ、んぁっ♥　わたくしの中に、ん、シュタールの子種汁っ、いっぱい、ん、あっ、あぁっ♥」

フリソスがそう言いながら、ぐっと腰を下ろす。

膣奥まで届いた肉竿が、その子宮口にくぽっと咥えられる。

膣襞全体が精液をねだるように蠢いていた。

「んはぁっ、あっあっ、もう、イクッ！　シュタール、ん、はぁっ、あっあっあっ♥　イクッ、イクイクッ、イックウウゥゥウゥッ！」

「う、ああっ！」

びゅくんっ、どびゅっ、びゅるるっ！

フリソスが絶頂したのに合わせて、俺も射精した。

「んはぁぁっ♥　熱いの、せーえき、わたくしの奥に、ん、はぁっ♥」

絶頂するおまんこに中出しされて、フリソスがさらに嬌声をあげる。

俺のほうも射精中の肉棒をキツい蜜壷にしっかりと締めあげられて、快感の中で精液を搾られていく。

「んはぁっ、あっ、ああっ……♥」

彼女はそのまま、悦楽の余韻でぐったりと脱力していった。

俺はフリソスを支えるように抱きしめながら、肉竿を引き抜くとベッドへと寝かせた。

「あふっ……」

強い快感で力の抜けたフリソスの姿は、とても艶めかしい。

その姿を見てムラムラしていると、クプルムが声をかけてきた。

「シュタール、ね……シュタールのおちんぽ、まだまだ元気よね？」

そう言って、彼女の手が俺の肉棒を握った。

愛液で濡れたままの肉竿を、くちゅくちゅと音を立てながらしごいてくる。

射精したばかりの肉竿には、強めの刺激だ。

俺を上目遣いに見つめるその瞳は、発情で潤んでいる。

そんな目で見つめられたら、応えないわけにはいかないだろう。

俺はクプルムの身体へと手を伸ばし、抱え上げるように抱き寄せる。

「んっ♥」

小柄なクプルムは、そのままこちらへと抱きついてくる。

そんな彼女の下着を脱がしていった。

割れ目へと手を這わせると、くちゅりと愛液が音を立てる。

今すぐにでも挿れてほしい……とばかりに腰を揺するクプルム。

俺は滾ったままの肉棒を、その膣口へとあてがった。

「んぁっ♥　あぁ……」

クプルムは抱きついたまま腰を動かし、肉棒をそのおまんこへと収めていく。

小柄なぶん狭いおまんこが、肉竿を一生懸命に咥え込んでいった。

夜はまだまだ終わらない。

美人三姉妹とのハーレムプレイに、俺はいそしんでいく。

前世や、転生してすぐの頃には考えられなかったような生活。

彼女たちに求められ、えっちなことをして過ごす幸せな日々。

三姉妹が悪役令嬢であり、原作では破滅を迎えることになるという問題点はあるものの。

それを回避するための頑張りは、こうして愛され、身体を重ねていれば苦ではない。

そのきっかけは突然に蘇《よみがえ》った前世の記憶と、同じく転生者であり、声をかけてきたプラタだった。

最高の幸福と快感に包まれながら、俺は少しだけ以前のことを思い出すのだった。

第一章　モブ王子と悪役令嬢

その衝撃は、突然の出来事だった。

場所は、国立プラティナ学園の渡り廊下——。

そこには西館と東館をつなぐそこには明るい陽光が差し込み、アーチの白さを際立たせている。

左側に広がる庭は整えられた芝生には何組かのテーブルと椅子が並んでおり、生徒たちが談笑していた。

まるで絵画のようなその光景は、入学前の生徒たちからも憧れられている。だが、見慣れてしまった俺にはさしたる感慨もなく歩いていた。

そのときだ。

突如、強い衝撃を受けた俺はよろめいた。

しかし、何かがぶつかったとか、そういうことではない。

上側には壁のない渡り廊下だし、柱の間からボールが飛んでくる、ということだって物理的にはあり得る。しかし、衝撃はそんなものではまったくなかった。

体内……つまり内側からのものだ。

何の脈絡もなく、突然に頭の中に情報の渦が流れ込んできたような感覚。

いや、流れ込んできたのではなく、閉じ込められていたものが一気にあふれ出したといったイメージだった。

これまでおぼろげに感じていたものが、くっきりとした輪郭と実感を伴って、その形を明確にしていく。

アダマース国立プラティナ学園二年生、アマダーズ王国第三王子のシュタール・アダマース。

それが俺の肩書きのはずだ。五年制の学園で、もうそろそろ進級することになる。

しかしその衝撃を受けた後、同時に俺の中には、もう一つの名前と人生の記憶が蘇った。

いわゆる、前世というやつなのだろう。

前世での俺は陰キャであり、庶民の生まれの、ごく普通の日本人だった。

イケメンというわけでもなく、当然非モテ。

それが今では、第三とはいえ王子なのだ。記憶が戻るほどに、その違いがはっきりとする。

肩書きだけで考えるなら大出世であり、まさにここから無双が始まる、チートでバラ色の人生だ！

……と、なるところなのだろうが、同時に俺は別のことも思い出していた。

家柄はともかく、俺自身には異世界チートというほどの能力はない。前世の知識から推測しても、そこまで幸運な転生ではないようだ。

そしてここが最も重要なのだが……。

ここは純粋な異世界というわけではない――らしい。

俺が転生したこの世界は、前世で見知った有名な乙女ゲーの世界だった。なぜかというと、この世界の王国名も、俺の周囲の人間たちの名前も、その肩書きや性格までの全てが、しっかりと「前世」の記憶の中にあったのだ。

男の俺でも知る、「プラティナテイル」という有名ゲーム。それがこの世界だ。

かなり流行っており、いろいろな派生作品やアニメ、イベントなども盛り上がっていたことから、男女問わずに人気があった。オタクだった俺も、基本の部分は知っている。

乙女ゲーであるからには当然、俺は主人公などではない。

ゲームの主人公である少女は、転入生として現れる「ルビー」だ。

おそらくだが今の王国の年号からして、入学は次年度だろう。

プラティナテイルは、平民生まれの少女ルビーが、ある日レアな魔法である聖属性に目覚めたことで、上位の貴族子女たちが集《つど》うこの学園に転入してくる。そして、そこで王子をはじめとしたイケメンたちと親交を深めて結ばれる……というような、それ自体はよくある感じのストーリーだ。

主人公だけが持つその聖属性こそがチート能力であり、彼女はそのレアさ故に、庶民ながらもエリート学園に転入し、王子たちも彼女に注目することになる。

……と、ここでもう少し説明が必要だろう。

なぜ「王子たち」と、他人事のように言っているかといえば、彼女の攻略対象である王子というのが、俺の兄にあたる第一王子だけだからだ。庶民がチート能力に目覚め、学園生活の中で親交を深めた王子と結ばれ、お姫様になる王道の展開だ。

第三王子ではそうもいかない。兄の第一王子こそが相応しい。

では、「王子たち」とは？

もちろん乙女ゲームであるからには、他のルートもある。それが他の攻略対象たちだ。

普段はおちゃらけているが、芯の部分は真面目なイケメン騎士のルートや、年齢より明らかに幼いショタ的見た目を持つ伯爵家子息のルート。そして他のヒーローを攻略した後で解放される隠しルートなど、華やかなイケメンたちとの恋愛模様が繰り広げられる。

そんな中で、第三王子である俺の立ち位置というと——残念ながらモブだった。

主人公の攻略対象ではなく、重要なサブキャラという訳でもなく、そもそも立ち絵すらもない、完全なモブ。それが第三王子だ。

ゲーム知識だけを持ち、第三王子シュタール本人として生きてきた記憶がなかったならば、「誰？」となること請け合いの、モブオブモブだった。

確か、メインの攻略対象である第一王子のルートで、ちらっと名前が挙がる程度のはずだ。

一応、話の中では第一王子やヒロインの手助けぐらいはしていたが……。

立ち絵すら無いわけだから、前へ出ての大活躍などではなく、そういったエピソードが少し語られるだけだ。まあ、敵対していたりはしなかったから、主人公とも友好的ではあるのだろう。

実は俺は、原作を自分でプレイしていたわけではない。

よく見ていた配信者が、このゲームも実況していたので知っている程度なのだ。

だから全ルート、全シーンを把握しているわけではない。

それでも、一番関わりのありそうな兄王子のルートでさえ名前が出るだけでは、他のルートでも活躍は望めないのだろう。

実際にも、今世である俺……シュタールという人間は、優秀な第一、第二の双子王子の影に入っている、目立たない王子という感じだ。

容姿だって、何もかもが華やかな攻略対象たちとは違う。

イケメンがあふれる乙女ゲー世界の中でも、最高の煌めきを放つ第一王子の弟だ。決して悪くはないのだが、なんとも地味な印象が拭えない顔立ちだった。

綺麗なブロンドである兄たちと違い、くすんだ金と茶色の間みたいな髪色。パーツパーツで見ればおかしなところはないのだが、どうにも今ひとつ、イケメン感には乏しい。

いや、前世を自覚した今なら、この顔だって決して悪くない――というか、前世から考えれば十分以上にイケメンだ。

双子王子があまりに華やかなイケメン過ぎることと、乙女ゲーが元だということもあり、世界全体の容姿レベルが高いからこそ、霞んでしまっているだけだろう。

せっかく転生したのにモブだなんて――と思ったのは確かだが、冷静に考えてみれば悪くなかった。そりゃ、攻略対象たちのような一流の人間たちには太刀打ちできないが、これでも王子だ。

生まれたときから教育も施されており、高位貴族の象徴でもある魔法も、双子兄には劣るだけで、十分な力を持っている。

王位継承は望めないものの、決して駄目な状況ではない。

チート級の能力がないだけで、前世よりは遥かにいい境遇だと言える。

まだまだ混乱はあるが、ふたつの記憶は否応なく収束していった。

そんな俺が立ち尽くしていると……。

「シュタール様、大丈夫ですか？　どうかなさいましたか？」

渡り廊下でよろめいていた俺に、声がかけられる。

王族の俺に控えめに近づいてきたのは、見覚えのない少女だった。

この学園内では、実家の爵位の区別なく、生徒は交流を持つことができる。

表向きではそうなっているが、そうはいっても将来のこともあり、王子や侯爵家の人間に対等に接するというのは、なかなか実際にできることじゃない。

何か失礼があったら、と声をかけることを躊躇うなんてのも当然のことだ。だから、いきなり話しかけられたのは久しぶりだ。

「ああ、大丈夫だ。ありがとう」

俺がそう返事をすると、彼女は安心したようにうなずいて頭を下げた。

誰もが俺には礼儀正しい。こういったこと一つとったって、前世より恵まれている。

俺は軽く感謝を伝えて少女と別れると、渡り廊下を歩いていく。

前世なら、ちょっと立ちくらみしたくらいで心配されるようなことはありえない。

これも今の立場があってこそだ。

美少女な主人公と結ばれることや、チートで活躍することへの憧れがないわけではないけれど。

モブだとしても、苦境にあるわけじゃない。

シュタールとしての人生は、たぶん悪くない。

これまでは地味なほうの王子として、華やかな双子の兄と比較されて、鬱屈した部分があった。

どうして自分には、兄たちのような容姿も才能もないのだろうか……と。

大勢から同じように比較されてしまえば、劣等感も抱えてしまう。

しかし、記憶を取り戻し、前世との差を自覚できたから今は、気分ががらっと変わった。

以前よりもずっと恵まれたこの人生を、楽しんでいこうと思った。

そういう意味でも、記憶を取り戻せてよかった。

どうして突然、前世の記憶がはっきりと戻ってきたのかはわからないし、せっかく乙女ゲーの世界に転生したのに、攻略対象ですらないというのは理解できないが、それは仕方ない。

前世の記憶のおかげで、俺は今の自分を穏やかに受け止められるようになった。

●

俺——シュタール・アダマースは、モブである。

そんなわけで俺は、そのことをはっきりと自覚した。

いや、この世界の基準では地味とはいえ第三王子なのだから、モブだと言ってしまうのも違う気がするが、原作であるプラティナテイルにおいては間違いなくモブキャラだ。

だからこそ、ここがゲームの世界だと知った上でなお、最終的にどうなるのかがわからない。

こうなったからには、この先の俺の生き方を、一度しっかりと考えておく必要があるだろう。

そう考え、できる限りの記憶を掘り起こし、俺はゲームの設定を確認していった。

そのうえで、第三王子としての行動を決定するのだ。しかし、これがなかなか難しかった。なんといっても、第三王子を描いたシナリオがなかったのが痛い。

もし俺が、第一王子である兄、カスティロスであったならば、ほぼすべてのルートで王となるし、どんな結末であれ、この国を治めることになるだろう。その隣に主人公ルビーがいるかどうかで結末が変わってくるため、そこを踏まえて彼女を誘導し、ルートを確定させることで、自分の未来を安泰にできる。

他に重要な要素があるとするなら、ルビーのライバルとして登場する、悪役令嬢の三姉妹だろう。

俺はまず、三姉妹について考えていくことにする。

中でも第一王子がらみのイベントで大きく関わってくるのが、王道の悪役令嬢フリソスだ。

俺としても、とても印象深い女性キャラだった。

細部は異なってくるものの、彼女は俺の知る限り、どのルートでも破滅が用意されている。

もし俺が彼女なら、いかに破滅を避けるかが人生のポイントになってくるだろう。

破滅が約束されているのでかなりのハードモードだが、逆に言えば、すべきことははっきりとしている。とにかく原作を踏まえて行動し、破滅に繋がりそうなイベントを避け、悪役めいた振る舞いをやめていくことだろう。

主人公の転入は来年だが、今の段階でも、フリソスの立ち位置は固まりつつある。

優秀だが口うるさく怖い令嬢として、フリソスの名は学園に知れ渡っていた。だが、主人公がまだ王子の前に現れていないこのタイミングなら、致命的なことはしていないはずだ。

家柄もよく優秀だからこそ、彼女は恐れられつつも、遺憾なくその悪役令嬢っぷりを発揮できているのだ。今から動けば、イベントをすべてスルーしていくことで、破滅だけはなんとか回避できるかもしれない。

俺程度の知識であっても、そういったメインキャラであればわかりやすい。原作でも中心人物だった者たちと違い、モブである俺はイベントがほぼなく、未来もわからない状態だからな。

前世を自覚するまでの俺は、そんな双子の兄王子への劣等感に悩んでいた。将来に対しても、不安や諦めのほうが大きかった。最悪の場合、辺境伯として送り出される可能性さえあった。

優れた兄たちと自分は違う。出来損ないの地味王子だ。

もちろん今になったって、コンプレックスはある。

しかし過去の人生経験、もっと悪かった前世の状況が支えになる。それは知恵として活きてくる。

そういった感覚の違いができたせいか、悪役令嬢フリソスに対する印象も以前とは変わっていた。

フリソスは今、俺の上級生だ。接点はないが、どんな人間かは知っている。

記憶を取り戻す前の俺は、多くの貴族たちと同様に、フリソスに対して怖いとか近づきがたいというイメージを持っており、遠い存在だと思っていた。

しかし現代知識を踏まえて考えてみると、彼女の言動はその多くが別におかしくはないのでは？という気もしてきた。

もちろん、庶民出の主人公に対して厳しすぎるとは、この世界の貴族としてでさえ思う。理解はできるが、印象は良くない。

しかしこの学園にきた以上、相応の振る舞いが求められるというのも、特別におかしくはないのではないだろうか。俺の中の貴族育ちのとしての自分と、前世の自分で、けっこう意見が分かれた。

聖属性という希少な魔法をもつ主人公は替えがきかないため、貴族らしからぬ振る舞いをしたとしても、学園側から咎められることはない。

当然のように、特別扱いというわけだ。

それもまた仕方ないことであり、周りの教師たちが間違っているというわけではない。

ゲームキャラクターである主人公ルビーが、現代的に共感しやすいようにふるまうのも分かる。そして、それを許せないとフリソスが厳しく接するのもまた、当然だ。

そう考えると、今の俺にはフリソスが悪役だとまでは思えなくなってくる。

これは、俺が前世での感覚と、こちらでの感覚の両方を持つからなのだろう。

実際問題、ゲーム実況を見ていたときには俺だって、主人公の行動のほうに感情移入し、いちいち疑問を差し挟まなかったしな。

まあ俺としては、乙女ゲームの内容より、プレイしている配信者のリアクションを楽しんでいたというのも大きいけれど。

だが、ユーザー視点という一方的な部分を排してみると、フリソスは俺にとって魅力的な女性であるといえた。

そもそも見た目に関しては、最初から誰もが認める美女なのだ。

素朴系で共感しやすい主人公と違い、悪役令嬢であるフリソスは派手な美しさを持つ。

抜群のプロポーションに、整った顔立ち。ややつり目で冷たい印象だということはあるが、息をのむような美人であることに違いはない。

悪役令嬢として他者に恐れられているものの、フリソスは成績についても優秀で、双子王子に次ぐ第三位だった。

家名を笠に着て好き放題言うだけの無能ではなく、自身が結果を出した上で、それぞれの貴族に地位相応の責任と実力を求めるといった感じの振る舞いだ。

そういう意味では、俺こと地味王子シュタールにとっては、かなりやりづらい相手だと言えるかもしれない。

彼女とは学年が違うこともあってあまり接点はないのだが、それでよかったという気がする。

もしフリソスが双子の兄ではなく俺と同じ年齢だったなら、俺は彼女以上の成績を求められていたかもしれない。現状、双子王子もフリソスもいない学年でさえ上位ではない俺にとって、それはかなりキツいことだろう。

転入してくる主人公は、俺と同じ学年に属することになる。それ以外の登場人物だと、優れた魔法適性によって貴族の養子になった、やや陰のあるイケメンが所属している。とはいえそのイケメンは、双子王子とのキャラ被りを避けるためなのか、成績については特に言及されなかったはずだ。

実際にも、その男子生徒が優秀だとは聞いたことがない。

あとは、フリソスの妹「プラタ」が俺と同じ学年だ。悪役令嬢は三姉妹なのである。

華美好きで傲慢、さらには「ですわ」口調という、いかにもな悪役令嬢の長女フリソスに比べると、かなり地味な印象なのが次女のプラタだ。

実際、物語中盤までは主人公のサブ友人という位置であり、そんなに目立つ存在でもない。

三姉妹の中では大人しく、やや暗い印象の女生徒だった。

もちろん美少女ではあるし、良くも悪くも我《が》が強すぎる姉や妹よりも、日本人的には一番好かれそうでもある。しかしそれは、本性が発覚するまでは、だ。

大人しく見えるプラタは、それでいて実は一番の悪女でもある。

長女のフリソスは、自分にも他人にも厳しい性格であり、正論でぶん殴ることがしばしばある反面、彼女なりの正義は貫いている。主人公への共感ではなく理性で捉えれば、正しくもあった。

そして三女のクプルムは、まだ今の段階では学園には入学していない。性格も単純に子供だ。家柄と才能に溺れてわがまま放題であり、他人を人間と思っておらず、尊重しない。しかし怠惰なところがあり、わざわざ陥れようとまではしない。

そんな姉妹たちに挟まれた次女のプラタは、一見するとまともそうでありつつ、その実、最も悪役らしい行動をしている。

彼女は家名に隠れて暗躍し、主人公や学園で目立つ令嬢たちに嫌がらせをして、蹴落としていく黒幕である。

表に出ることはなく、裏から級友たちをけしかけて被害を与え、自身は傍観者として、相手が苦しむ姿を眺めているのだ。

聖属性の持ち主として、他とは一線を画する扱いの主人公に対しては、やや控えめながらも友好的な態度を見せ、当初は味方のような顔をしている。

姉が主人公に苦言を呈するとき直接的には助けないが、あとでフォローを入れるような、ずる賢い立ち位置だ。

完全な味方ではないものの、派手な姉フリソスに逆らえない気弱な妹として、こっそりと少しだけ助けてくれる……そんな役回りで出てくる。

作中でも怪しい雰囲気はあるのだが、庶民から学園に来た主人公にとっては、好意的な上位の貴族というのは珍しいため、ある程度の信頼を得ていくことになる。

しかしその裏では、他の貴族令嬢たちを使って陰湿な嫌がらせを行うのだった。

しかし、手下の女生徒たちのミスによって攻略対象のイケメンたちが巻き込まれ、逆に主人公の能力が覚醒してしまう。最終的にはイケメンたちにも黒幕であることがバレ、フリソスやクプルム以上に悪質だということで、破滅を迎えるのだった。

ゲーム知識があるとなんとも恐ろしいプラタだが、こちらの世界を生きてきた俺としては、そんな雰囲気は微塵も感じたことがない。

思えば俺は、プラタとはあまり関わりがないようにしていた。それはフリソスを恐れるあまり、妹であるプラタともわざわざ接点を持たない……というものだったが、記憶が影響していたのかもしれないな。

ゲームでもプラタは王子である俺には無害だったので、特に恐れたり避けたりする必要はない。

おそらくはターゲットにされた女子生徒にとっても、本来のプラタは「美人だが雰囲気が暗く近寄りがたい。三姉妹の中では一番まとも」という程度の相手だろう。

イケメンたちにちやほやされる主人公を妬み、それまで以上に陰湿にならなければ、それなりの貴族と結婚して令嬢らしく生きていくに違いない。

結婚といえば、長女であるフリソスは第一王子カスティロスの婚約者候補の筆頭だったな。

彼女たちは家柄も良く、能力だってフリソスは王妃にふさわしいスペックを持っている。

容姿も十分に優れているし、イケメン王子と並んでも見劣りしないだろう。

しかし本当に、エンディング後の俺はどうなったんだろうな……。

原作には、モブである第三王子に婚約者の設定はなかった。

しかし、継承順位が低くとも王子である。どこかのタイミングで、婚約話ぐらいは持ち上がってくるはずだ。

乙女ゲーの世界だからか、モブだって容姿レベルは高いこの世界。俺の相手も美人に違いない。そういう意味では、なかなか楽しみな事でもあった。

王子である以上、自由な婚姻とはいかないだろうがな。

ちなみにこの世界、女性である主人公の逆ハーエンドも存在する。そのためになのか、一夫多妻、一妻多夫がともに、法的にも宗教的にも認められている。

理由付けとしては確か、魔法の適性を効果的に引き継ぐため、とかだったはずだ。

貴族にとって魔法はとても重要であり、それが平民と貴族を隔てる青き血なのだ。

それ故に、主人公のルビーをはじめ、優秀な魔法適性を持つ者は平民からでも貴族に養子入りすることになる。

さすがに家督を継ぐケースは少ないものの、養子だったり、貴族家に嫁入りや婿入りするというのは、庶民達の憧れの生き方だった。

もちろん、そんなことを繰り返しているからには、貴族の家に生まれた人間のほうが魔法適性を持つケースは圧倒的に多い。平民からのジャンプアップはレアケースだからこそ、憧れとなっているのだがな。

学園に通う生徒のほとんどは、貴族の子供たちだ。

実家の爵位が低くとも、優良な魔法適性を見せる者はそれなりにいる。そういった者たちは家の期待を大きく背負っていることもあり、ギラついているタイプも見かける。

対して、上位貴族の生まれで魔法適性も十分な人間たちは、やはり余裕があることが多い。

まあ、その余裕が悪いほうに働き、自堕落になっていくことも多いのだが。

つらつらとそんなことを考えているが、どうにもまとまらないな。やはり、第三王子への情報が少なすぎる。

俺は今、二階の教室にいる。王子として級友から気は遣われているが、元がゲームだからか、なかなかに日本の学園に近いような環境だ。机だって、そう思うとどこか日本の学校を思い出させる並び方だった。今までは気にしなかったが、記憶を取り戻してからは妙に納得している。

俺は考えに疲れてきたので、ふと中庭を眺めてみた。

そこでは女子たちが優雅にティータイムとしゃれ込んでおり、顔面偏差値が全体的に高いこともあって、実に華やかだ。この学園には制服はなく、誰もが自由な格好をしている。

そして……遠目にもはっきりと分かった。その煌びやかな貴族女子たちの中でも特に輝きを放っているのが、悪役令嬢フリソスだ。

金色の髪をハーフアップにし、意志の強そうな瞳と、目を瞠《みは》るような美貌。

スタイルもよく、重そうな爆乳が目を惹いた。背筋がピンと伸びており、王道の悪役令嬢らしさと、高嶺の花としての魅力を存分に醸し出している。

性格の厳しささえなければ……いや、それを考えてもなお、あまりに魅力的な女性だ。

ああいうタイプこそ、いざ親しくなったら男にデレまくる……とかはないだろうか？

……いや、ないか。悪役だしな。

しかし現代的な感覚を取り戻した俺は、フリソスに魅力を感じ始めている。

この世界はまだまだ未熟で、理性よりも感情が優先されている。彼女のようなデキる女タイプはかなり疎まれているが、俺としては、ゲームの展開はちょっとかわいそうな気もしていた。

俺がそんなことを思うのは、彼女がとびきりの美人だから……なのかもしれないが。

凛とした佇《たたず》まいがとにかく美しい。そんな彼女が、正しいことを言っているのに受け入れられず、へこんだり弱ったりしていたら、ものすごくそそられないだろうか？

そんな妄想をしてみたが、うん。

確かにそれは素敵だろうが、そんな姿を見せて頼ってくれるようなら、悪役令嬢として追放されたりしないのだろうな。転生者である俺とは違い、彼女の運命はもう決まっているのだから。

●

今思えば記憶を自覚する前から、俺にはぼんやりと前世の知識が漏れ出すことがあった。

そのちょっとした現代知識を元にして、いろいろと思いつくことがあったのだ。

地味なほうの王子として劣等感を抱いていた俺は、それを得意げにひけらかし、少しでも評価を得ようとしていた。

そうしていくつかの現代知識の流用は、そこそこ評価されている。

そこまで高度な知識は持ち合わせていなかったから、ちょっと便利程度の発案だ。

それでは双子王子の威光にはまったく及ばず、俺は地味王子のままだったが……それでも認められるのは嬉しかったものだ。

そんな俺だったが、今ではははっきりと現代知識を思い出せる。しかし、その流用はむしろ控えていた。フル活用できる今なら、双子王子とは違った意味で抜きん出た存在として、評価されるだろうとは思う。

現代知識と魔法の融合による新発明で無双する……のは、ベタだが強い。

だがそこで、ちょっと考えた。普通の異世界ならばともかく、原作の流れが存在する世界だ。

ただのモブだった俺がそこまで暴れ回ってしまうと、過剰に歴史を破壊してしまうのではないか。

それでも求めたいものがあるならいいが、俺にそこまでの熱意はない。

それよりは、目立たないながらも王子という状況を活かして、本編は本編で主人公たちに進めてもらい、軽くその手助けをしながら、俺は俺で幸せになったほうがいいのではと思う。

前世の記憶があることで、俺には原作の第三王子シュタールよりも余裕がある。

そもそも、天才と言えるだろう兄ふたりと比べれば、シュタールはなんの取り柄もないかもしれないが、王族として十分以上にハイスペックである。

シュタールは地味王子であっても、無能王子ではない。

すごすぎる兄の影に隠れているだけで、王族として納得される程度には力があるのだ。

そんなわけで、俺はあまり考えすぎずに、ひとまずは当たり障りなく、日々を過ごしていくことにした。主人公が登場し、ゲームがスタートするまでには、まだ時間がある。

それまでにいろいろ試して、この世界での自分なりの幸せを見つけていけばいいだろう。

一番に期待するのは、やはり美女とのロマンスだ。

王子という俺の立場なら、一夫多妻のハーレムライフだって現実的に狙える。

フリソスのような圧倒的な美人とまではいかずとも、魅力的な女性はたくさんいるはず。

そうなるとむしろ、ストーリーにからまない、気楽な立場であるのがいい。

第一王子カスティロスと第二王子ブロンゼは、ゲームの多くのルートで王位を争い合い、それによって彼らの運命は大きく動く。しかし、モブの第三王子は違う。物語内では、第一王子を少し手助けした、とあるだけ。

第一王子と主人公のルートは、だいたいわかる。第二王子が勝つルートは原作未プレイの俺は見ていないから、警戒するとすればそこくらいだろうか。

その他のイケメンとのルートは、王族である俺とはほぼ無関係のはずだ。

双子王子のルーと以外でも、悪役令嬢三姉妹たちのような。ひどい破滅はなかったはず。多分だが、制作者たちが本当に、気にもとめていないキャラだったのだろう。

何にせよ、俺がまず協力すべきは、第一王子ルートだな。

結果が曖昧な第二王子ブロンゼのルートに比べれば、兄とも上手くいくのが言及されている第一王子カスティロスのルートのほうに勝ってもらうのが、やはりいいのだろう。そこだけは意識して、しっかりと第一王子の手助けはしておこう。あとは好きなように、できる限りハーレムを目指していけば生きられる。このルートなら、王国は安泰だった。

俺はそんなお気楽なことを考え、主人公であるルビーが転入してくるまでの間、まだ見ぬ女の子たちとの出会いに心を躍らせるのだった。

●

俺が記憶を取り戻してから、二週間ほどが経った。

授業終了の鐘がなり、教室内の空気が弛緩する。こんなところも日本の学校っぽい。なんだか懐かしくさえあった。

原作ゲームではサクッとスキップされる授業風景だが、もちろん現実にはしっかりと行われる。

元現代人と、第三モブ王子のシュタール。その両方の記憶として持つ俺は、日々の授業にこれといって困ることはなかった。シュタールは十分な王族教育を受けている。

授業を終えた生徒たちは、教室の移動に移っていく。

五年制の学園は大学に近いスタイルで、それぞれが選んだ授業に合わせて教室移動が行われる。

常にクラス単位の授業ではないことで、主人公と攻略対象たちとの接点を作りやすくしている……のかもしれないな。

まあ、貴重な聖属性の主人公は自由に授業を選んでいたから、現実がこの形態でなかったとしても、イケメンとのイベント発生は問題ないだろう。

そして俺は、次の時間は空いていた。

中庭で優雅に過ごしてもいいし、学園内のカフェテリアや、図書室に行ってもいいな。

さすがにとんぼ返りになってしまうのでやらないが、学園の生徒は基本的に寮で過ごし、その寮は敷地内にあるので、戻ることも不可能ではない。しかし学園自体がかなり広く、授業が行われる建物と寮には、それなりの距離があった。ゲームなら移動も一瞬なんだがな。

どうするか考えていると、教室に入ってきた女生徒がきょろきょろと室内を見渡していることに気付いた。

これはまたすごい美少女だな……と思った瞬間、それが悪役令嬢のプラタであることに気がつく。

これまでに接点はない。だが、今は誰も気づいていない彼女の裏の顔を唯一知っている俺は、関わり合いにならないよう、どこかに移動することにした。

そうして荷物をまとめていると、なぜか俺のほうへとプラタが近づいてくる。

「シュタールさん」

「……なんだ？」

プラタのほうから声をかけらてしまった俺は、諦めて座り直した。

実は姉妹は公爵令嬢であり、王子である俺でも無碍に扱える存在ではない。

上級生の双子王子ならまだしも、俺が露骨に彼女を避けるのは、あまりにも不自然だろう。

しかも、長女のフリソスとは違い、まだまだ評判が悪くはないプラタだ。

しかし……プラタはかなり大人しいタイプだったはず。王子に自分から近づいたりするだろうか？

そう思って改めて彼女を見てみると、かなり緊張している様子だった。

どうやら、彼女なりに勇気を振り絞って、俺に声をかけてきたらしい。

そうなるとなおさら、すぐに話を切り上げるというのも気が引けてしまう。

頭では彼女が悪女だとわかっているものの、主人公はまだ俺の友人ではないし、彼女が俺に何かをしているわけでもない。

直接的に嫌う理由には乏しくい。それに、前世が陰キャだった俺としては、こんなふうに上位の相手に話しかけるというのが、相当に負担のかかることだというのも共感できてしまう。

たしかに一部の女子生徒に対しては、このあと悪女となる彼女だが、ゲームでも無差別だったわけではない。それさえなければ、ただの大人しい黒髪美少女なわけで……。

美しい公爵令嬢に声をかけられ、舞い上がる部分が皆無だというほど、俺は枯れても落ち着いてもいないのだった。

「シュタールさんは……以前からよく、斬新な発想をしていらっしゃいましたよね？」

彼女はなんとか俺の目を見ようとする。しかし緊張からなのかすぐに下へ視線をそらしてしまう。

ちらっと見ては落とし、またチラリと顔を上げる……という動きを繰り返していた。

コミュ障感のある振る舞いだが、なにせ美少女だということもあって、小動物的な可愛さがある。

あざといともとれるだろうが、多分プラタの性格的にも狙ってのものではない。たとえ狙っていたとしても、すごく可愛いことに違いはないのでOKだ。

ちょろいと言われればその通りだが、男なら誰だって、これほどの美少女には弱いものだろう。

「ああ……そうだな。自分では、そこまでではないつもりだがな」

俺は答えたが、内心を隠そうとした反動で、やや素っ気なくなってしまった。

「そ、そうですか。きゅ、急にごめんなさい。でも私、他に頼れる人がいなくて……」

そう言うプラタに、思わず同情的になってしまう。美少女の持つ魔力は恐ろしい。

「そ、その……質問がありまして……よろしいでしょうか？　シュタール様の奇抜な発想は、どこから来ているのですか？」

なんとか言い切った彼女の問いかけに、俺は返答を迷った。

今の俺は、現代知識をひけらかすことを封印している。

それに当時の俺は、前世の知識だったとは自覚していなかったわけで……どう答えたものか。

「発想の源《みなもと》はとなると、自分でもよくわからないな。ただ、ふと浮かんだ、としか言えない」

俺がそう言うと、プラタはまっすぐにこちらを見つめた。

先程までの挙動不審さとはまた違い、なんだか切羽詰まった様子だ。

プラタは、こんなキャラだっただろうか？　どうも、印象が違うな。

そう思いながら見ていると、彼女は少し考え込むようにしていた。

何かを自分に言い聞かせているようにして口が動いたが、声までは聞こえない。

「あ、あの、シュタールさん！」

彼女は、がばっとこちらに近寄るようにしながら、俺の名前を呼ぶ。

「おう……」

その勢いに少し気圧されながら応えた。

フリソスと比べるとどうしても暗いという印象が先行しているが、こうして間近で正面から見ると、彼女もものすごい美人だった。フリソスのような華はないが、間違いなく美しい。黒髪なのも、俺には高得点だ。こうして間近に可愛い顔があると、それだけで力が抜けていく。

「シュタール様は……日本、という国を知っていますか？」

美人に接近され、理性のガードが緩みきっている最中のひと言だった。

なじみのありすぎるワードをぶつけられて、顔に出さないというのは不可能だろう。

プラタは俺を間近で見ていた。そして、ほっと、安心したように表情を緩める。

「やっぱり、シュタール様もそうなんですね」

俺は体を引いて距離をとりながら、プラタを眺めた。

日本というワードを出し、俺『も』と言ってきたあたりで確信する。彼女も転生者なのだ。

よりによってプラタが……と一瞬思ったが、むしろ一番やばいキャラの中身が別人だというのは、良いことなのではないだろうか。

「シュタール様のアイディアは現代人っぽくて、そうじゃないかと思ったんです」

俺に声をかけるとき、妙に緊張していたのは、プラタが陰キャだからというわけではなかった。

同じ転生者であることを、確かめようとしていたからだったのだ。もし間違えば、何を言っているのか意味不明な、不審な質問でしかない。相手は王子なのにだ。緊張もするだろう。

そう納得しつつ、同時に、目の前にいるプラタにどう対応すべきかを考える。

同じ転生者を探していたことや、今の彼女の口ぶりからしても、元現代人としての意識が俺よりも強く出ているようだ。

となると、原作のプラタとはかなり違う存在なのだろう。この先暗躍しなければ、最後には破滅するという結末は避けられるだろうが、俺としては行動が読みにくくなるな。

原作のプラタは、主人公に手を出したことで破滅を迎えたが、それ以外の相手には大人しく無害な存在だった。

しかし、中身が現代人だとしたらどう行動する？

予測できない相手が増えるのは、リスクであるように思える。

今からでもシラを切るというのも選択肢の一つだ。

無論、さきほどの反応から疑念は残るだろうが、転生者であることを断定するのは難しいはず。

彼女の反応から考えるに、他にもポンポンと転生者が見つかっているという様子ではない。

ごまかすべきか。認めるべきか。

俺は、どちらがより危ないかを考え、ひとまず様子を見ることにした。

「それで？」

俺は言葉数を減らし、探るように彼女を見る。

情報の少なさでいえば向こうも同じ……だろうか？

彼女は、俺が転生者だということを、すでに見抜いている。

その切っ掛けは、漏れ出していた知識を元に動いてしまった俺の行動だ。

その内容を調べ、わざわざ接触を図ってきた彼女。きっと、俺について詳しく調べ終えている。

対して俺のほうは、これまでのプラタがどうだったかは、まったく知らない。むしろ避けていた。

そもそも、自分以外に転生者がいるかどうかを、気にもしていなかったしな。これは失敗だった。

ただ、プラタが接触してきたのが今になってだというのも、ひとつの情報だ。

俺が記憶を取り戻してから二週間。彼女が声をかけてきたのは、今日。

俺が知識をひけらかしたのは、もうずいぶんと前のことだ。ということは、彼女自身もまた、転生者としての自覚が出てきたのは最近だといことではないだろうか？

俺と同時期だということも十分に考えられる。

モブである俺と違い、プラタは破滅が予定されている立場だ。

原因はプラタによる主人公へのエスカレートした嫌がらせだが、三姉妹そろって破滅している。ストーリー的には、姉妹全員が安全ではない。

主人公への嫌がらせこそまだ行っていないものの、それ以前の罪については、すでに行われている可能性もある。記憶が戻ったのが最近であるなら、原作ほどではないにせよ、すでに破滅ルートに寄っている可能性は十分にある。

だからこそその回避へと動き始め、急いで他の転生者を探していたと考えれば、彼女の反応もわからなくはないな。

「私を……助けてほしいんですっ！」

「助ける？」

彼女は真っ直ぐにこちらを見て、お願いしてくる。

短く返したものの……これはあれだな。

美人のお願いというのは、なかなかにずるいものだ。

前世はもちろん冴えない陰キャであり、今世においても兄とは違う地味王子として生きてきた俺にとって、美女から頼られるというのは、それだけでなんだか嬉しくなってしまうものがある。

気を張らないと、あっさりと籠絡されそうだ。

危機に陥った令嬢を助ける王子なんていう役回りも……男子なら一度は憧れるものだろう。

転生しただけでも、なんだか特別な気がしていた。

さらにそこで、美女から助けてほしいと言われてしまったら、そのシチュエーションに逆らえそうもない。

「シュタールさんは、プラティナテイルを……ゲームを……エンディングどのくらい知っていますか？　前世も男性……ですよね？」

すっかり俺が転生者だと断定したようで、そう問いかけてくる。彼女に次ぎに返す言葉で、この先は大きく変わるだろう。

本来の、シュタール第三王子では知り得ない単語の数々。

この世界の原作知識だ。

ここで巻き込まれれば、破滅を迎える悪役令嬢プラタに転生した彼女が、この先のレールを外れていく物語が始まりそうだった。

モブはモブらしく、ここでシラを切って本編には絡まず、この世界での新たな人生をそれなりに生きていくのがお似合いなのかもしれない。

立ち絵すらない第三王子ならば、それが許される……むしろ、本来そうあるべき立場だ。

転生してもなお主人公でなかった俺には、お似合いの慎ましやかな人生だろう。

ここで彼女に応えれば、俺はモブのくせに、主人公たちの話に多少なりとも巻き込まれてしまう。

理性では、それがわかっていた。

このままやり過ごせば、プラタの破滅展開は俺にまでは及ばない。

彼女がどうなり、本来の主人公であるルビーが誰とくっつこうとも、俺は俺で同じくモブの令嬢と幸福に生きていくことができるはずだ。

プラタに関わればモブとしての平穏は失われ、俺もどうなるかわからない。原作とはかけ離れた世界へと放り出されるだろう。

だが……。

こちらを見つめるプラタと目が合う。

これはきっと、モブでしかなかった人生を変えるチャンスなのだ。

理想的な可愛い女の子に頼られ、それに応える機会だ。

前世も今世も、何者でもないその他大勢でしかなかった俺が、舞台に上がる時。

ここを逃せば俺はもう……。

「悪いが――」

俺はゆっくりと口を開く。

「俺自身は未プレイだ。大雑把にしか知らない。君のほうは？」

そう答えると、彼女の目が輝く。

「シュタールさんっ！」

彼女が、ぎゅっと俺の手を握った。

小さく柔らかな、女の子の手。

至近距離で見つめてくる、美少女。

ああ……。それだけで、心の奥から温かなものがこみ上げてくる。

チョロすぎる自分をとがめる思いもありはするが、それ以上のワクワクが湧き上がっていた。

●

俺たちは場所を変えて、話をすることにした。

内容が内容であり、人に聞かれると困る……と最初は思ったものの、よくよく考えればそうでもないかもしれない。

学園内は基本的に貴族の集まりであり、そこまで人が多くない。大声ででもやりとりしない限り、盗み聞きというのは難しいだろう。

それに、前世だの攻略情報だのといった俺たちの会話は、この世界の知識とはかけ離れている。まったくの他人にそんなことを言えば、気がおかしくなったと思われるだろう。だから、多少効かれたとしても、そもそも理解できないに違いない。

王子と公爵令嬢が変にこそこそしていても、それはそれで、かえって怪しいしな。

俺たちは校内にあるカフェの、奥まった席で向かい合った。

同じ転生者という仲間を見つけられたことで安心しているのか、当初の緊張状態よりずっと緩い感じになっているプラタ。

そのどこか無防備な雰囲気は、とても可愛らしい。

まずは互いの情報を話してみたのだが、彼女も元日本人であり、プラティナテイルはプレイ済だということだった。

当然、原作のプラタがたどる破滅も知っているため、それを回避するために動いているという。

思った通りで、彼女も二週間ほど前に急に自覚を持ったらしく、自分がプラタだと分かった瞬間は、かなり焦ったということだった。それはそうだろう。

モブである俺とは違い、彼女からすれば、主人公ルビーが現れるまでもう時間はない。

すでに姉妹の悪評は、少しずつ広まっている状況だからな。

プラタ自身は、まだ表向きの悪評はない。しかし、これまでは原作どおりに生きてしまい、裏での行動は少し始まっているということだった。

また、生まれたときから王子として生きた自覚のある俺とは違い、彼女の感覚は、完全に現代人のほうが優先されているらしい。

前世から急に、本編開始間近のこの世界で覚醒し、自分は悪役令嬢だったというわけだ。

しかも、まだ致命的ではないとはいえ、すでに無罪とはいえない状態になっていたという。

どうにか逃れようと姉妹に探りを入れてみたが、彼女たちはまさに原作どおりらしい。

このままだと、姉妹そろって破滅は免れない。

原作で一番暗躍するのがプラタで、フリソスもすでに敵を作りすぎた状態であり、それに引きずられる形で、同じく悪評を持つ三女クプルムもこのままなら破滅を迎える。

暗躍するはずのプラタが現代人になったことで、三姉妹最大の罪状である陰湿な行動に関しては、おそらく回避できるだろう。

しかしそれだけではまだ、最終的な破滅を回避するのは難しいと、プラタは言う。

というのも、姉のフリソスは性格はどうあれ、成績優秀な人物だ。

第一王子の婚約者候補の筆頭であり、なんならすでに半ば内定状態といっても過言ではない。

主人公ルビーが王子と結ばれる物語的には、彼女を失脚させる必要があるわけで、プラタのことがなくとも、なんらかのイベントが発生すると思われた。

原作プラタほど腹黒くはなくとも、フリソスはルビーにとても厳しい。

貴族の養子として現れ、聖属性という特別な魔法を持ち、さらには王子と急接近して妃候補にまで躍り出る主人公ルビーに対して、フリソスは正論で立ち向かいキツく当たる。今の俺からすれば当然とも思えるが、ゲームのプレイヤー視点でいえば、お邪魔キャラとして過激な行動をとってしまうのだ。

その結果として、ルビーが王子たち攻略対象を仲間に取り込んだ後は、破滅かそれに近い扱いに落とされてしまう。良くて追放や下級貴族への嫁入り、悪くすると罪に問われて牢獄送りだ。

本編よりはマシな結果に落ち着かせることはできるかもしれないが、今の段階で姉に、わざわざそんな結末を迎えさせたいとは、プラタも思っていない。転生者であっても、姉妹としての愛情はしっかりとあるという。

プラタのここまで行いは、まだ軽いという。公爵令嬢という立場があればもみ消せる程度だし、なんとかフォローできる範囲だとプラタは分析していた。しかし、フリソスが第一王子とルビーに対して正面からぶつかってしまったら、もう誤魔化せない。そうなってしまえば、公爵家でさえかばえない結末が待っている。

そのとは公爵家も力を失い、敵対者から攻撃を受けることになるという。

本来は自業自得でざまぁな展開なのだろうが、転生によって中身が変わっているプラタからすれば、完全なとばっちりとも言えるな。

プラタはそれを避けたい。しかし、やはりひとりでは限界があると感じていたという。

そこは俺の推測どおりかもしれないな。本編にからむ重要キャラだからこそ、できることが少なくなっているのだ。俺がここまで自由に振る舞えているのは、たいした設定のないモブだからだ。

プラタとして生きてきてしまったことで、様々なフラグがすでに立っている。姉妹たちは完全に原作どおり。そんな追い詰められた彼女は一縷《いちる》の望みをかけて、他の転生者を探すことにしたという。

しかし、そうそういるはずもなく、絶望しかけていた。そんな中で、第一王子の弟である俺が見に止まった。なまじゲームを知っている彼女にとって、第三王子はモブとして存在感が無かったことで、最初は選択肢から外れてしまっていたという。

しかしあるとき、過去に俺がひけらかした知識の中に、現代風のアイデアがあると気付いた。

悪役三姉妹を避けていた俺とは逆に、王家とは関わらないほうがフラグ回避に繋がるかもしれないと、そう思っていたプラタだが、なんとか勇気を振り絞って話しかけてきたというわけだ。

そんな俺とプラタの一番の違いは、やはり記憶の在り方だった。

彼女は二週間前に覚醒したが、プラタとして生きてきた記憶はやや曖昧だという。シュタールとして幼少からの記憶をしっかり共有する俺とは違うわけだ。そこは原作知識でなんとか補っているものの、学園生活もうまくいかないことが多くて、困っているらしかった。

「プラタが現世での私みたいな、ぼっち属性で助かりました。もしフリソスのほうに転生していたら、交友関係だけで頭がパンクしそうです」

とのことである。確かにそうだろう。突然別世界の学園で目覚め、いきなり学友たちに囲まれていたわけだからな。

念願だった転生者を見つけたことで、饒舌になっていたプラタだったが、中身の彼女自身も本来は陰キャ側のようだ。俺に話しかけるだけでも、かなり緊張していたらしい。

転生者云々以前に、リアルに男子に声をかけるなんて、どれくらいぶりかも忘れたくらいだと言っていた。

リアルって……。まあ女性と縁のなかった俺にも、その気持ちはわからなくもないが。

逆境状態に俺が現れたことで、かなり気が緩んでいるようだな。

こちらとしては、そんなふうに無防備に信用されると思わず惹かれてしまうというか、守りたくなってしまう。

最初から、美少女に頼られるというシチュエーションに心が動いていたわけだが、彼女自身を知って、ますますその気持ちが加速してしまう。

「シュタールさん？」

すると彼女がこちらの顔を、のぞき込むようにしてくる。

前のめりになると、豊かな双丘がアピールするかのように見えてしまう。女性向けゲームのキャラとは思えないのだが、何故かこの世界全般の露出度はかなり高めだ。

深い谷間と上乳はあまりにも魅力的だし、すぐ側に美女の顔が来て、思わず照れてしまった俺は視線をそらした。

「とにかく、まずは今後の方針だな」

そう言って、どうにか桃色の思考を追い払うようにした。

「そう考えると、時間がない。すでに本編開始の新学期が近いからな……。確認するが、他の姉妹は覚醒する予兆はないんだな？　となるとやはり、フリソスをどうにかするのは性格的にも難しそうだが……」

「はい、姉と妹は、間違いなくゲーム通りです。やっぱり、問題はフリソスですよね……」

もしこれがＷＥＢ小説とかの悪役令嬢転生ものならば、王道の回避パターンとしては、子供時代などのもっと猶予がある段階で転生者として目覚めて、そこからのリカバリーだろう。

そうすることで悪役でなくなった元現代人の主人公が頑張る内に、本来のヒロインさえも越えて攻略対象たちに好かれる愛されキャラになる……という展開だろうが、それは無理だな。

このゲームでは、三姉妹はそれぞれが悪役令嬢的な要素を分担してしまっている。

すでに姉妹ふたりは悪役令嬢としての性格を確立しているし、本編開始直前なので、プラタひとりが転生者として目覚めたところで、大幅な状況の改変は難しい。

彼女自身、目覚めたのがついこの前だしな。

シナリオ進行に一番影響力があるのがフリソスであるというのも、攻略難度を上げている。

もし転生したのがフリソスだったならば、その強気な悪役令嬢っぷりを上手く使って、妹ふたりを今からでも抑えていくことができただろう。しかし、一番気弱なプラタではそれも難しい。

フリソスはもちろん、三女であるクプルムのわがままを抑えるのも、プラタの立ち位置では無理みたいだ。

「なるべくお姉様が悪役になりすぎないようフォローを入れますが……でも、それだけじゃどうしようもありませんからね。ルビーが出てきてしまったら、間違いなくぶつかります」

その通りだ。しかし、劇的な対処法も思いつかない。

彼女と一緒にフリソスのフォローに回りながら、俺は俺で第三王子としての力を使って、最悪でもプラタだけは助けられるように動いたほうが現実的かもしれない。

この先の彼女はもう、本編のように主人公に対して暴走することはないだろう。覚醒してからは意識して行動しているから、周囲の印象もそう悪くはない。

王子である俺がその気なら、主人公補正があるルビーに関わりさえしなければ、令嬢ひとりを守るくらいの動きはできるだろう。

しかしどれほど備えても、不安はある。アニメなんかではよくある、この世界自体の原作回帰を促す修正力が、どのくらい働くかがまだわからない。俺たちが予想もできないイベントが発生する可能性は十分にある。だから、プラタひとりを守っても、確実とは言えない。

「主人公が転入してくる前に、なるべく動いておきたいが……」

「王子と接触してしまうでしょうから、理由なくお姉様を止めるのは、かなり難しそうです」

地味な第三王子よりは、婚約者候補のフリソスのほうが、この件では影響力も大きいしな……。

やはり俺にとって、フリソスはかなり相性の悪い相手だ。

フリソスの基本的な考えは、貴族としての相応の能力と、それに裏打ちされた誇りだ。

王子として継承権一位二位の兄たちならともかく、物足りないスペックの俺では、真っ正面からいくと返り討ちにあうかもしれない。

「正攻法以外を、考えないといけませんね」

「ああ、そうなるな」

そんなことを話していると、次の授業が始まる鐘が鳴る。実際にどう動くか、アイディアをお互いに考えてくることにして、俺たちは一度別れることにした。

「シュタールさんがいてくれて、ほんとうに……よかったです」

そう言って心から安心したような笑みを浮かべる彼女は、とても可愛くて。

俺はどうしても、プラタに見とれてしまう。

彼女からすれば、孤立無援で絶望的な状態だったのだ。一発逆転のアイディアが出なくても、話を聞いてもらえるだけで、心強い部分は大きいのだろう。

そんな彼女の役に立てるようになりたい……その思いが強くなる。俺もまた、同じ転生者に出会ったことに、少し感動してしまっているのかもしれないな。

そんなことを考えながら、プラタを見送ったのだった。

俺たちのことだけならカフェでもいいのだが、話題がフリソスのこととなると、人の耳を気にしなければいけない。

というわけで今は、ひっそりと俺の部屋へと集まっていた。王子であっても、在学中は寮生活が基本になっている。

建前上はこの学園内では、貴族としての格にかかわらず、自由な交流を認められている。

とはいえ、実際に何もかも平等かというと、もちろんそんなことはなかった。

将来を考えれば、今は学年的に先輩だからといっても、上位貴族家相手にうかつなことはできない。気を遣う場面は当然多くなる。

さすがにほぼ貴族だけの学園だから、寮では個室が与えられているのだが、その広さや部屋の場所については特別扱いはある。

王子である俺や公爵令嬢のプラタは、最高級にいい部屋を与えられていた。その位置もまた、プライベートが守られるように配慮されている。

男子寮で俺より良い位置は、双子の兄たちだけ。女子寮のプラタの場合は、姉であるフリソスだけが上位だ。そんなわけでどちらの部屋でも機密性は問題ないが、フリソスの話をするのだから、万一にも姉に気付かれないほうがいいということで俺の部屋に集まった。

女子寮や男子寮に異性が入ることに関しては、これもまた表向き推奨はされないが、まあそう珍しいことではない。

この世界は一夫多妻、一妻多夫が認められているため、第二以降の相手を学園で見つけておくというのはよくある話だ。

実家が特に政略結婚を重視していなければ自由恋愛をしてもいいし、高位の貴族に囲われようという野心を持つ者もいる。さすがに王子ともなると、少し難しいがな。

主人公ルビーは、逆ハーレムルートでは王子や伯爵子息などのそうそうたるイケメンを、元庶民の身分ながらも囲っているのだから、ものすごい話だ。

さすがにそこまでは主人公補正でもないと不可能だが、反対に公爵や伯爵クラスが子爵や騎士家の者を狙うというのは聞く話だった。

「しかし、やはりフリソスはかなり手強そうだな」

「そうですね……お姉様はあまり、人の話を聞き入れることに慣れていないですし」

「実際、ゲームでも多くの場面でも、フリソスの発言は貴族の常識としては間違っていないしな」

だからこそ、かなり厄介なのだ。

フリソスは原作どおりの性格であり、プラタのように転生者ということは完全になさそうだった。

自然と進めば、そのまま原作どおりの破滅ルートだろう。

「フォローするにも限度があるよな」

「お姉様はあの性格ですし、どんどん切り込んでいきますからね」

プレイヤー視点でみても、フリソスの行動が危険だということはわかる。しかしそれも、客観視しているからだろう。本人からすればまったくの正論だということになるので、説得は難しい。

このぐらいの文化レベルの世界では、主人公補正さえなければ、そのままフリソスの指摘のほうが通ることも多いのではないだろうか。現代人の感覚で善悪を語るのは難しい。「悪役」というのも、あくまで現代人の視点なのだ。

恋愛重視で共感を主軸とするシナリオでは特に、フリソスのような「貴族社会」を規範とした正しさは通じにくい。これがもし現代のビジネスの物語などであれば、逆にフリソスの評価は切れ者とかになるかもしれない。

「正攻法で聞き入れてもらうのは難しいとなると、やっぱり絡め手でしょうか」

「とはいえ、公爵令嬢であるフリソスの行動に影響を与えるほどのことを、裏から手を回すというのもなかなか……」

「何か、姉の弱点になるようなものがあればいいのですが」

フリソスは性格こそキツいが、その凛々しい物言いにふさわしいくらいのスペックがちゃんとあり、才色兼備だ。決して感情だけでぶつかるタイプではない。

「プラタは俺よりも、原作に詳しいんだよな？　そこから何かヒントがあればいいんだけど。本編メインルート以外のフリソスって、どうだった。ルビーの相手が王子でなければ、少しは違ったんじゃないか」

そう言うと、彼女は少し考え込んだ。

「お姉様は、メインルート以外ではあまり登場しなかったですね。行動に裏表があるわけではないので、なかなかバックグランドは描かれにくいんですよね」

「ああ、確かにそうかもな」

そういう意味では、ルビー相手に暗躍していたプラタのほうが、本編以外の部分でも書かれる部分が多そうだ。

「さすがに悪役令嬢キャラには、ファンブックとかでも攻略対象みたいなページ数は割かないだろうしなぁ」

「そうですね。ファンブックも読みましたが、やっぱり俺様王子のカスティロス様が人気で――」

彼女は普段よりもテンション高く、早口に情報を語り始めた。聞きかじりの俺とは違い、彼女は原作のプラティナテイル自体を好きなようだから、やはり詳しい。

方針を考えるにあたって、それは大きな武器だ。そうしてしばらく話し続けたところで、やっとこちらを見てくれた。

「あぅっ、すいません……つい語ってしまいました」

「それはいいんだが……やはり、ルート上以外の行動に関しては情報が少ないよな」

逆に攻略対象であるイケメンの情報は無駄に多い。今後第一王子カスティロスとやりとりするときや、その他の攻略対象組と接するときはに、知識が役立つかもしれない。

兄弟とはいえ、王子同士だ。そこまでべったり一緒に暮らしていた時期はない。

一応、俺は原作でも長兄カスィテロスの仲間側であり、実際に今世でも関係は良好だ。いわゆる仲良し兄弟というのとは違うが、王位を巡って争うような関係ではない。

主人公に手を出さないプラタであれば、いざとなれば兄の手を借りて助けられだろう。そういった根回しをしておこうと思っている。

「元々が乙女ゲーだし、男性キャラのシーンが多いのは当然か……。じゃあ、弱点以外にはどうだ。フリソスが好きなものから攻めるとかか？」

これがエロゲーとかであり、フリソスが攻略対象であればきっとそうなる。何かに目がないとかは、主人公と交流を持つきっかけとしてありそうだ。だが、残念ながら悪役令嬢であるフリソスには、そういった絶対的な好物や趣味はないらしい。

「お姉様は本編ファンよりも、男女ともに受けやすい見た目を理由に、二次創作で人気でしたからね。いわゆる悪役令嬢っていうと、クプルムみたいな『権力を使った子供っぽいわがまま』的なのが多いです。その意味でプラタは割としっかり腹黒で悪辣だったのも、話題になったんですよ」

自分のこと……ではあるが、プラタとしての自我がない彼女はその辺りを区別しているようだ。元現代人でありつつシュタール本人でもある俺とは違うのだ。

「お姉様の見た目は、男性にもすごく人気でした。薄い本がいっぱいありましたね」

「確かに、見た目はいいからな」

俺もそんな、エロい創作物を目にしたことがある。

「それにお姉様はある意味、ノブレスオブリージュ的な振る舞いで、主人公に対しても『貴族社会に入るのだから、ふさわしい振る舞いをしなさい』って、普通に主張してるだけですからね」

「主人公に感情移入してると偉そうな邪魔者だが、そこまで悪人じゃないよな」

「そうなんです。だから、男性ユーザーからは嫌われてないんですよ」

大雑把な傾向として、お堅くても社会性に共感するのは男性が多いのかもしれない。女性は学園内の恋愛事であっても共同体として捉え、厳しい攻撃的な発言は避けがちだ。

ともあれ、ゲームをプレイするでもなく外側からキャラだけを眺めていた男性にとって、フリソスは性格こそきついものの、凜々しい美女という捉えられ方だったわけだ。まあ、それもエロ目的の属性としてかもしれないがな……。

「ちなみに私から見ても、お姉様はえっちな体つきだと思います！」

なぜかぐっと拳を握って力説しているプラタ。彼女も、そっちに理解があるほうか……。

まあ、たしかにフリソスはかなりエロいスタイルをしている。

そもそも原作からして、女性向けとは思えないくらい露出度が高くて男性受けしたしな。

そのせいか、攻略対象たちも男としてのセクシーさを押し出す場面があるので、制作者の趣味かもしれない。

「あっ、そう、それですよシュタールさん！」

そこでプラタは、急に表情を明るくして身を乗り出してきた。

顔が近づいて照れる気持ちと、前のめりになって無防備になった胸元の深い谷間とで、とにかく俺の集中力を奪うプラタに、どうしても軽く身を引いてしまう。俺は、このパターンに弱いな。

先程はフリソスの体つきをエロいと言っていたが、プラタだってそうだ。

しかも彼女は、同じ現代人だからなのか俺への警戒心が薄く、距離がかなり近い。

本来は暗い性格で大人しいため目立ちにくいが、プラタも見た目はとても良い。そのため、ここまで無防備だと心臓に悪い。

「そ、それ、とは？」

俺が問いかけると、再びテンションの上がっているプラタが早口に言う。

「お姉様の弱点はえっちなことですよ。なんたって高貴で強気なお嬢様は、快楽堕ちが基本ですからね！　そういう本、いっぱい見ました！」

彼女は勢いよく続ける。

「薄い本でもお姉様は、最初は強気に令嬢らしく振る舞いますが、時にはモブおじにわからされ、時にはルビーから王子を奪おうと逆レを仕掛けたのに、最終的にはアヘ顔で喘がされ……。とにかく、いつも結果的には受け側です！　堕ちるんです！」

実の姉に関して、とんでもないこと力説されているのだが……。

「お姉様を性的にわからせて虜にしてしまえば、主人公に手を出すこともないでしょう。最初は犬の首輪を付けられて反抗的だったのに、最終的にはリードまで付けられても嬉しそうにお外をお散歩するお姉様はとても可愛くなって――」

「まてまて」

俺は暴走しかけているプラタを遮った。

「それは全部、本編じゃないだろう？　そんな事実はないよな？」

フリソスに首輪というのはイメージからかけ離れすぎて、それはそれで見てみたい気がするが、ともかく発想が飛びすぎだ。

「でもお姉様って、あんなにえっちな格好してるんですよ？　あれは快楽によわよわで、間違いなしですっ！　きっと、制作者の裏設定にあるんですよ！」

プラタは、すがすがしいほどに言い切った。大体、その理屈で言うならプラタもかなり感じやすいということになるが……。転生した今、体にも設定が活かされていたとしたら……どうなる？

しかし、そんなことを変に意識すると、困るのはこっちだ。

ただでさえ彼女のような美女が、この世界の仕様で露出度高めの格好で一緒にいる。それだけでもかなり意識してしまうというのに……。

「他に大きな弱点はないです。高慢お嬢様といえば快楽堕ち！　これは世界の常識ですっ」

「そんな世界は、やばすぎるだろ……どんな乙女ゲーだよ」

興奮して前のめりになるプラタの谷間が、さらにこちらへと迫る。

フリソスがどうこう以前に、その無防備な胸元に俺が負けそうだった。

「プラタは、そっち方面も詳しいんだな」

俺はどうにか、その魅惑の双丘から目をそらしつつ言った。

「そ、そんなことはないですっ！」

彼女は顔を赤くし、両手をぶんぶん振りながら言った。

「わ、私はそんな、えっちとかじゃないですっ！」

わたわたとするプラタは可愛らしい。普段から純粋さを感じさせる部分はあるが、つい先程までフリソスのエロ話をしていたのである。慌てて否定しているあたり、むっつりタイプのようだが、陰キャ仲間の俺としては、それもわかるものだった。

恥ずかしがる彼女も可愛らしいが、あまり意地悪するのもかわいそうだし、いざやり返されると俺もいなせないからな。追求はせず、話を戻していく。

「どうしても正攻法でというなら、フリソスに先んじて動いて、こっちが先に主人公をちゃんとした貴族に教育するとかだが……」

主人公ルビーをどうこうするのはきっと、実質的に不可能だろう。

その庶民派な思考と行動力は、貴族側である攻略対象たちとの距離を縮める要因でもあるし、彼女のキャラ性でもある。きっと変えられない。

キャラ性をいじれるぐらいなら、それこそフリソスに丸くなってもらったほうがてっとり早い。

フリソスが信念をもって他人の話に耳を貸さないように、主人公もモブである俺の言うことなんか聞かないのは目に見えている。そのときにはもう兄王子はルビー側だから、なおさら無理だ。

「それも難しそうですよね……」

そう言って悩む姿を見せるプラタ。結局、話は逆戻りしてしまう。

「他には思いつかないっていうのもありますが、やっぱり恋愛とか、他のことに夢中にさせるっていうのが一番いい気がするんですよね。なんだかんだいっても、恋愛ゲームのキャラですし」

そう言って、プラタは続けた。

「お姉様は自身は、公爵令嬢にふさわしい結果を出しているじゃないですか」

「ああ、もちろん」

だからこそ説得が難しい、というのが現状だしな。

俺たちは結末を知っているからいろいろ言えるが、それを除いて考えると、現状のフリソスに対して強く咎めるのは理由がない。

「それがお姉様を支えるものであり、一番大切だからこそ譲れないと思うんです。そこまでこだわる必要がないことにになら、もっと柔軟だと思います」

そこでプラタは、ややどや顔で話を続けた。

「たとえば私は、お勉強には重点を置いてないので、成績でマウントを取られてもスルーできます。でもそんな私でも、独占欲強めで俺様な第一王子カスティロス様を、ヒロインが騎乗ガン攻めするようなことは許せません！　だって、おかしくないですか？」

「お、おう……？」

「カスィテロス様推しじゃないけど、明らかにキャラがおかしいですよね？　ね？　でも、たまにですが、これはアリかなっていうシチュエーションもあるんですよ。不思議なんですけど……。そういう二次創作とかって、けっこう凝った部分が多くて、ついつい納得というか……」

こうなってしまうと、プラタの話は止まらないようだ。多分、俺にもわかりやすいようにとそんなことを言ってくれているんだろうけど、逆にさっぱりだ。

そこまでの乙女ゲーオタクじゃなくて、すまん……。あと、人の兄をガン攻めさせるなよ。想像しちゃったじゃないか……。

とりあえず前世でのプラタが、いろいろとこじらせていたのはわかった。

「えーと、つまりフリソスにも、許せることと許せないことの境界線がある、と。ルビーの行動や態度は貴族として許せないが、うまく別のことで意識を逸らせば寛容になるかもしれない……と」

話を遮り、そう聞いてみる。

「ん、ま、まあ、だいたいそういうことです」

俺の少し引いた反応に気づいた彼女が、小さく咳払いをして、区切りを付けた。

「お姉様が別の誰かに快楽堕ちすれば、そういった部分も重要じゃなくなり、主人公についてもとやかくいう必要がなくなるわけです。聖属性はもちろん国にとっても重要な能力ですから、尊重できる部分は姉にもあると思います」

「快楽堕ち……というところ以外は、確かにその通りだ。何かフリソスが執着できそうなものを探してみるか」

「それを見つけるのを、急がなきゃですね。ふざけてるように思うかも知れませんが、えっちなことって本能です。誰もが執着する可能性があるというで意味は、いい案だと思います」

「そう言われるとそう、か」

「それに、身体は正直だぜ……ってやつです。痛みとか気持ちよさとか、身体的な刺激って結構、抗いがたいものですからね」

ちょくちょく言葉のチョイスがあれなのはともかく、プラタの言うことはもっともかもしれない。

フリソスのようなタイプは、痛みに耐えることはあっても、快楽に対する耐性は引くそうだ。

「その案の最大の問題は、そもそもフリソスをどうやって、どこまで快楽堕ちさせるかだが……」

知り合いに、凄腕わからせおじさんでもいれば話は別だが、当然そんな存在はいない。そもそもそういう世界観じゃないからな……。

「プラタはそういうの、得意なのか？」

彼女自身が推していた手段だし、得意だというなら話は早い。

フリソスとプラタの美女百合姉妹となれば、すごく良さそうな光景だ。そんな、彼女とそう変わらない妄想を俺も浮かべるのだった。

「わ、私ですかっ……？」

しかし、彼女は驚いたような声をあげる。妹のプラタならフリソスとの多いし、原作プラタとしての自己認識もないようなので、抵抗感は少ないはずだ。

「私はだめですっ……！　確かにお姉様がいろんなことをされちゃう本とかも読んできましたが、それは知識だけというか……」

「結構、その方面に詳しそうだし、いいかと思ったんだがな」

「あわわっ、わ、私っ、基本的に壁になりたい派といいますか、興味自体はもちろんあるんですけど、そういう経験とかなくてですねっ……。ほら、陰キャですし、そういうことや恋愛はおろか、リアル男子と話すことすらろくになくて、あぅっ」

彼女はわたわたと慌てながら、顔を赤くしている。

先程までの勢いはどこへやら、たじたじになっている姿というのは可愛らしいものだ。

「その割には、俺とはもう、ずいぶん自然体で話せているみたいだが」

暴走しがちなのは目をつむるとして、会話は問題ない。すると、彼女は小さくうなずいた。

「シュタールさんは、なんだか話しやすいというか……最初にえいやって頑張って声をかけたので、なんとかなってる感じで……。でも、い、意識すると恥ずかしくなっちゃいますっ……」

そう言って顔を伏せるプラタの姿に、俺の胸が高鳴る。

作戦会議という名目や、暴走気味な彼女の語りによって多少ごまかされていたものの、自分の部屋に美女とふたりきりなのだ。

そんな状況は、俺からすれば非日常なわけで、そうして女の子としての反応をされてしまうと、意識しないはずがないのだった。

ふたりして顔を赤くして、目をそらし合う。なんだこの微妙な感じは……。

「シ、シュタールさんは、どうなんですか？　そういうの……？」

「俺のほうこそ、そういうのとは無縁だったたな。大体、得意ならプラタから意見が出た時点で乗っていただろうし、そもそもイケイケ王子なら、もっと令嬢たちに囲まれてるだろ……」

言ってて哀しくなるが、それが現状だった。

モテるのは全て、双子の兄たちだ。俺はまだ今生では、恋愛経験すらない。

貴族令嬢を快楽堕ちさせるスキルがあるなら、もっと気楽に楽しんでいる。

「た、たしかにそれなら、学園一美しいお姉様にいきなり挑むのはハードル高いですね……」

プラタはおどおどと続ける。

「あっ、それなら、まずは本当に私たち姉妹が快感に弱いかどうか、設定を確かめたり、えっちの練習をしてみるのがいいかもしれません。特訓ですっ！」

「特訓って……」

俺はちらりと彼女を眺める。

自分で言いだしたくせに、顔を赤くして慌てている可愛らしいプラタ。

いろいろとエロ知識はあるようだが、それらはまったく自分を想定していなかったのだろう。いざ自分のことを意識すると、初心な姿を見せてしまうようだ。

スタイルがいいから、今もバタバタと手を振るのに合わせて、大きなおっぱいが揺れている。

ざっくりと開いた胸元からは、白い谷間が覗いていた。

「わ、私たちやこの世界の女の子が快楽に弱いってなれば、全部解決ですしっ。えっちの特訓をしましょう、シュタールさんっ」

この場にいるのは、俺とプラタだけ。

ふたりきりの密室で、えっちな特訓に誘われると……俺の理性は、もう持ちそうにない。

「そうだな、特訓しよう」

「はいっ、頑張りましょうっ！」

俺はプラタに近づくと、その身体を抱き上げた。

「ひゃうっ！」

彼女は驚きながら、俺を見上げる。

お姫様だっこを初めてしてみたが、想定していたよりも彼女は軽かった。

可憐な美少女の顔が近くにあり、その幸せな重みを感じる。

大きなおっぱいに目が向いてあまり意識していなかったが、想像よりも細く、か弱さを感じる。

そんな彼女を壊してしまわないよう気をつけながら、俺はベッドへと向かった。

「あ、あわっ、シュタールさん……」

彼女は慌てた様子で俺を見上げる。

「こ、これ、お姫様だっこ……です」

彼女は顔を赤くしてこちらを見ているのだが、その姿が余計に俺を焚きつける。

プラタをベッドに寝かせると、その上へと覆い被さり、彼女を見つめる。

「あぅ……」

恥ずかしそうにする彼女が、小さく目をそらした。

その可愛らしさにすぐ飛びつきたくなる気持ちを抑え、ゆっくりと手を伸ばしていく。

「あっ……」

俺の手が胸へと伸びていくのを目にして、プラタは恥じらいを見せる。

けれど俺を止めるようなことは言わずに、そのまま受け入れた。

むにゅんっ。

柔らかな膨らみに触れると、指が沈みこむ。

おお……服越しとはいえ、おっぱいの柔らかさは存分に伝わってくるな。

手に収まりきらないその豊かな膨らみを、むにゅむにゅと揉んでいく。

「んんっ……はぁ……」

感動的な揉み心地に心を奪われていると、プラタの口から悩ましい声が漏れてくる。

女の子のエロい声にますます欲望が滾り、耐えきれないほどの興奮が内側から膨らんでいく。

「プラタ」

俺は呼びかけながら、彼女の服へと手をかける。

布越しでも感動的だったが、おっぱいの素晴らしさ故に、もう止まれそうもない。

「あっ、んっ……」

恥ずかしそうにする彼女を見ながら、服をはだけさせていく。布面積小さめの服はすぐにその役割を放棄し、ゆさっ、と揺れながら彼女の生おっぱいが現れる。

「おぉ……」

今度は思わず、口から声が漏れてしまった。

白くなめらかな肌に、双丘の頂点で膨らんでいる乳首。

吸い寄せられるように見つめていると、プラタが胸の前で両手を組んで隠すようにした。

せっかく現れた乳首が隠れるのを残念に思う気持ちと、彼女の腕によってむにゅっとかたちを変えるおっぱいのエロさに惹かれる思いが湧き上がる。

「……いいかな?」

その恥じらいや、彼女自身の腕からあふれる上乳を眺めるのも眼福だが、やはり生おっぱいの誘惑は大きい。俺は声をかけながら、彼女の腕をつかんだ。

「あうっ……」

そしてゆっくりとその手を胸から剥がし、再びおっぱいと対面する。

プラタの腕を放すと、生おっぱいを両手で揉んでいくことにした。

「んんっ、あっ、シュタールさん、んっ」

柔らかな乳房が、俺の手を受け入れてかたちを変えていく。

極上の柔らかさと生乳に触れている興奮。

俺は夢中になって、その巨乳を揉みしだいていった。

「あふっ、シュタールさんの手が、私の、ん、胸を、ああっ……♥」

彼女は羞恥に頬を染めながらも、それだけではない声を漏らしていった。

男に胸を揉まれて、感じてるんだ……。

そう思うと、さらに熱心に、その巨乳へとはまり込んでいく。

柔らかく指を受け止め、隙間からあふれてくる乳肉。

そのいやらしさに見とれながら、おっぱいを堪能していく。

「プラタ、ここ……」

そしてその頂点で、乳首がつんと尖って、触ってほしそうに存在を主張してきた。

俺はその両乳首へと指を伸ばし、軽くつまむ。

「んぁっ♥　シュタールさん、そこっ……」

甘い声をあげて、身体を跳ねさせた。

その敏感な反応に気を良くし、俺はくりくりと乳首をいじっていく。

「あっ、だめっ、ん、そこ、そんなに、あぁ……♥」

そう言って首を横に振る。けれどそんな言葉とは裏腹に、彼女はぐっと胸を突き出して、その乳首をさらにこちらへと差し出してきた。

俺は指の力を増して、乳首をいじり回していった。

「んぅっ、あっ、私の、んぁ、乳首、そんなにくりくりしちゃ、んっ、だめですっ、あぁっ！」

彼女が嬌声をあげて感じていく。その姿と、さわり心地のいい乳首、そして柔らかおっぱいを無限に触っていたい気持ちはあるが、それ以上の欲望が俺を包んでいく。

「脱がすぞ」

そう言うと、俺は残る彼女の服へと手をかけていった。

おっぱいをあらわにしている上半身ではなく、下半身へだ。彼女が身にまとうのはもう、女の子の大事なところを守るには心許ない、小さな布一枚だけとなった。

「これ……」

「あっ、やぁ……♥」

彼女が恥ずかしがり、きゅっと脚を閉じる。

完全に露出した下着。その、脚の付け根のところは漏れ出した蜜で張り付き、奥に秘められた割れ目のかたちを見せつけている。

「プラタ！」

俺は彼女を呼びながら、その下着へと手をかける。

「んんっ、シュタールさん……」

彼女は羞恥に包まれながらも、足を開いていく。

俺はそんな彼女の下着を抜き取り、秘められた場所をあらわにした。

「あぅっ、は、恥ずかしいです……」

すっと通った一本の筋。そこからはもう愛液があふれており、俺は自然と指を伸ばしていた。

「んぁっ♥」

割れ目をなで上げると、彼女が甘い声をあげる。そして俺の指に愛液がまとわりついた。

何度か、その割れ目で指を往復させていく。

「あぁっ……ん、はぁっ……♥」

プラタも悩ましげな声を漏らして、俺を興奮させていく。

割れ目が薄く口を開き、ピンク色の内側を覗かせた。

「あぁ……」

男を求めている……。そのエロすぎる光景に、俺の昂ぶりはもう収まらない。

まずはそっと割れ目を押し広げ、指先を軽く侵入させる。

「んっ、はぁ、ああっ……」

その処女穴は狭く、指先の侵入でさえ、いっぱいいっぱいに思われるほどだった。

けれど、ヒクつく内側は俺を誘うように蠢いている。

もとより、そういう場所なのだ。

俺は自らの服を脱ぎ捨てると、彼女に触れ、すでに猛っている肉棒を露出させる。

そしてプラタの脚を広げると、その剛直を濡れ濡れの膣口へとあてがった。

「あふっ、私のアソコに、熱いのが当たって……これが、シュタールさんの……んっ」

「挿れるぞ」

「あひっ、ん、はぁっ……」

俺はゆっくりと腰を進め、肉竿で割れ目を押し開いていく。

「あぁっ、ん、くぅっ……！」

亀頭がすぐに、ぐっと抵抗を受ける。処女膜が侵入を妨げているのだ。

「プラタ、いくぞ」

俺はあらためて声をかける。

「はい、ん、はぁっ、ああっ！」

そしてぐっと腰を進めると、膜を裂く感触の直後、肉棒がうねる膣襞《ちつひだ》に包み込まれる。

「うぉ……すごいな……」

「んあぁっ！　あっ、ん、くぅっ……！」

狭い処女穴が肉竿を締めつける。

「あっ、ふぅっ、んっ……」

初めてのモノを受け入れたプラタが、荒い息を吐く。

「はぁ、あっ、ん、はい……すごい……です……中、ん、あぅっ……」

俺は彼女が落ち着くまで、そのまま腰を止めて待った。

受け入れるのに精一杯な様子のプラタに反して、初体験のおまんこがきゅうきゅうと肉棒を締めつけて快感を送り込んでくる。

呼吸に合わせて蠢くそれは、こうしてじっとしているだけでも気持ちがいい。

「シュタールさん、ん、もう、大丈夫です……」

やがて、彼女が潤んだ瞳で俺を見上げながらそう言った。

俺はうなずくと、ゆっくりと腰を動かしていく。

「あ、ん、はぁっ……」

ぞり、じゅくっ……と肉竿が処女穴を往復していく。

「はぁ、あっ、シュタールさんのが、私の中で、ん、はぁっ……！」

ゆっくりと腰を動かしていくと、彼女が再び甘い声をあげていくようになる。

「んっ……はぁ、あぁ……♥」

俺の下で裸のプラタが感じている姿は感動的だ。エロい彼女を眺めながら腰を動かしていく。

「んはぁっ、あっ、んんっ……♥」

膣襞が肉棒をしごき上げ、きゅっと締まる。

あまりの気持ちよさで、感じていくプラタに合わせて腰の動きを大胆にしていく。

「ああっ、シュタールさん、ん、はぁっ、ああっ♥」

プラタが喘ぎ、感じていく。大きな胸が、呼吸と腰振りに合わせて揺れる。

「あっ♥　ん、ふぅっ……」

顔を赤くしている彼女は、目が合うと恥ずかしそうに視線をそらした。

その健気な仕草にますます昂ぶりが増していく。

「プラタ……気持ちいいよ」

俺は膣内を存分に往復していった。

「ん、シュタールさん、あっ♥　ん、はぁっ！」

彼女はすっかりと感じ、俺の下で淫らになっていく。

「あふっ、んぁ、はぁっ♥」

俺は腰振りのペースを上げていった。

「ああっ、シュタールさん、私、なんだか、んぁっ……」

彼女は顔を発情で蕩けさせながら、俺を見上げる。

その表情は俺の本能を刺激し、ぐっと腰を突き出させる。

「んはぁっ♥　あっ、気持ちよくて、おかしくなりそうです、ん、はぁっ、ああっ！」

乱れていくプラタに、俺は興奮を隠せないまま うなずいた。

「ああ。感じてるプラタの姿、すごく可愛いぞ」

そう言うと、膣内がきゅっと反応する。

「ああ、ダメです、そんなの、んぁ、恥ずかしくて、ぽわぽわして、私っ、ん、はぁっ♥」

彼女は初めてとは思えないほどに感じて、淫らに快楽を受け止めているようだった。

俺もこみ上げてくるものを感じ、その膣内を犯していく。

「あっあっ♥　私、ん、はぁっ、イクッ！　イっちゃいそうです、これ、すごくて、ん、はぁっ、あぁっ！」

「俺もそろそろだ。プラタ……！」

ピストンの速度を速めて、その膣内を突いていく。

「んはぁっ！　あっ、もう、イクッ！　気持ちよすぎて、私、んぁっ♥　あっ、んくぅっ！」

彼女は嬌声をあげながら、突かれるままにおっぱいを揺らしていく。

エロすぎる姿と、気持ちいい処女の膣内。射精欲がぐっと高まり、あふれ出していく。

「いくぞ！」

「んあぁっ、あっ、イクッ！　おまんこ、イっちゃうっ！　あっあっあっ♥　イクッ、ん、ぁあっ、イクウウウウウッ！」

どびゅっ、びゅるるるるるっ！

彼女が絶頂し、その膣内がうねるのに合わせて俺も射精した。

「んあぁぁっ♥　しゅごっ、熱いの、あっ、私の中に、びゅくびゅくっ、でてますっ♥　ん、はぁっ、ああっ……！」

絶頂おまんこに中出しを受けて、プラタがさらに嬌声をあげていった。

初めての膣内にしっかりと精液を注ぎ込むと、肉竿を引き抜いていく。

「んぁっ♥　あぁ……」

彼女はそのまま快楽で脱力し、ベッドに身体を投げ出していた。

ぐったりとした彼女の身体は火照っており、とても艶めかしい。

そして最初は閉じていたおまんこも、今は直前までチンポを咥え込んでいたため薄く口を開いており、そこからは混じり合った体液がとろりと垂れている。

「あふっ、んっ……」

プラタは大きく呼吸を繰り返していく。

俺はその姿を眺めながら、セックスの余韻に浸っていたのだった。

快楽に弱いかどうかはわからないが、プラタは相当に感じやすそうだった。

「シュタールさん……」

こちらを見上げる彼女が両手を伸ばしてきたので、俺はそっと抱きしめる。

甘えるように抱きついてくるプラタの体温を感じながら、俺も幸福感に包まれていった。

美女とのセックス。

それは想像以上の気持ちよさに加えて、男としての満足感を湧き上がらせてくる。

抱きしめると彼女の大きなおっぱいが柔らかく当たって、射精直後の今は、そこに欲情よりも安心感を覚えるのだった。

第二章　メスガキ三女と快楽勝負

時間は誰にでも平等だと物知り顔でいう人間は後を絶たない。だが実際のところ、時間の価値はすべきことや状況、能力次第でいくらでも変わっていく。

選ばれた側の人間、その技術や発明で人々の生活を変えるような者の一時間と、その他大勢の一時間は等価値なんかじゃない。俺のようなモブ側は、時間を大切にしなければな。

学期が変わり、俺とプラタは三年生になる。

明日からは授業の選択猶予期間に入り、登録期間の後から本格的な講義となる。

五年制の学園の、ちょうど真ん中だ。

こちらの世界では、卒業後は貴族家の跡継ぎなら家を継ぐ準備に入るし、そうでなければ、騎士なり文官なりとして、これまでの鍛錬や根回しの結果として仕事が決まることになる。

なるのだが、そういったあれこれからはまだ幾分は自由な時間があった。

普通なら……。

しかし俺たちにとっては、いよいよラスボスが現れる時間だ。

原作の主人公、ルビーが転入生として現れるのが、三年生に上がるこのタイミングだ。

本人はまだ学園内にはいないものの、すでにその噂は出回っている。

何せ、選ばれし聖属性の持ち主様だ。

大昔から続く、重要な能力。悪しき者の封印を行える唯一の属性だとされている。

原作ゲームはバトルものではなく、すでに悪しき者は封印された状態だった。聖属性の人間はその再封印を施す、というのが役目だ。

時折、悪しき者の力が漏れ出し、人々を染めることがある。そういったときにも、その力の切れ端を浄化するのが聖属性の力であり、それゆえに別格として大切にされるのだ。

第一王子であるカスティロスをはじめ、光属性を持つ者は結構いるが、その源流にあるより強力な力が聖属性だと理解されている。

ちなみに第三王子である俺も、一応は水属性と光属性を持っている。ただし、水属性のほうが強力であり、火属性を持ちながらも光属性が強く出ている兄のほうが、やはり王子様感がある。

まあ、別に属性だけが王や貴族の全てではないけれど。

とはいえ、魔法を扱えること自体は貴族にとって大切であるし、中でも属性を二つ持つというのは、それなりに優秀とされる要因だ。

特に光か闇と、四大属性のいずれかという組み合わせは、聖属性という特例を除けば最上位に位置するもので、それなりに珍しい。

原作でも現世でも、これといって目立つところのないモブ王子だが、悪目立ちしないくらいには王子様っぽさを持つわけだ。俺だって、いろいろと恵まれてはいるんだよな。

そんな二属性でさえも霞む主人公様に逆らうというのは、いかに無謀なことか。

その襲来にびくつく俺たちをよそに、フリソスは相変わらずの様子だという。

いつもの学園内のカフェ。その奥まった席。

もはやおなじみとなりつつある場所で、俺とプラタは明日に迫る主人公の登場に頭を悩ませているのだった。

観葉植物に遮られた奥の席は、視界と声をある程度は遮ってくれる。

しかしもちろん個室ではないから、完璧とはいかない。

当然、俺たちが度々こうして向かい合っている姿は、多くの生徒に目撃されていた。

加えて言えば、お互いの兄や姉が有名人過ぎて薄れてはいるものの、これでも第三王子と公爵令嬢である。

注目を集めやすく、有り体に言えば、俺たちの関係はすでにあちこちで噂されている状態だ。

立場上の釣り合いがとれていることや、双子王子のように狙う者が多い人気者でもないため、俺たちの関係については割と好意的な反応が多いという。

口の悪い連中には「地味同士お似合いだ」などとも言われるらしいがいちいち気にはしない。

ちなみに、ここでそんな連中を権力で黙らせたり、もしくは実力でねじ伏せてやると、それこそ破滅を迎えるのが悪役令嬢ルートである。だから何もしない。

カリスマなり頭脳なりでそういった連中をコントロールできない俺は、やはり王様には向いていないのだろう。そもそも、なる気もまったくないけれど。

「お姉様が相変わらずのまま、主人公が来ちゃいますね……」

「ああ。あとはもう、主人公側なり何なりにフォローを入れていくしかないのかな」

フリソスが目指しているものはあながち間違ってはいないし、原作プラタとは違って法に触れる類《たぐい》のことは彼女もしていない。

フリソスはいつも堂々と、上に立つ人間としてあるべき姿を説いているに過ぎない。そんなフリソスが破滅を迎える世界には抵抗もあるが、かといってできることなどたかがしれていた。

フリソスも主人公もこの世界も、最終的には、俺が変えられるようなものではないのだろう。

妥当に進めばフリソスたちが悪役令嬢ムーブを続けるだろうし、それで原作どおりの結末を迎えるとしても、プラタまでは破滅しないようにできる。

プラタに関してはそれで大丈夫なはずだが、原作の力がどのくらいまで及ぶのかが、どうしても心配だな。

この世界に原作への修正力があるのかを調べられれば一番なのだが、悪役令嬢追放は前半の山場だ。全編通しても三番目や四番目くらいの規模の大きなイベントでもある。

先に起こる同規模のイベントを、回避できるかためしてみる……というような確かめ方はできなかった。ちょっとしたイベントを回避できたからといって、このような大きなイベントへの修正力が働かないとは言い切れない。

細かいところを変えても、いつかは決まった結果に収束していくというパターンを潰しきれない以上、あまり意味がない。

それこそ、主人公が予定にないところで突然死ぬくらいのことが起これば、この世界には修正力がないと言い切れるのだろうが……さすがにな。

俺に打てる最大の手として、プラタの保護については話を進めている。

フリソスやクプルム、主人公に俺自身がこれから働きかけるのは、追加の保険みたいなものだ。

「まずは、実際の主人公を見てからだな」

「お姉様は、なかなか手強いですしね……」

直前となった今、フリソスとクプルムの状況が原作どおりであることは確認している。

しかし主人公に関しては、まだわからない。ルビーも転生者という可能性もまだ残っている。

それが一番楽なのだが、だめなら仕方ない。しかしこの流れの定番としては、ルビーもまた転生対象だろう。そう願いたい。

むしろ俺に関しては、このことを考えるたびに「なぜ第三王子なんだ？」という感じが、ますます強くなった。

とにかく主人公については、まずは転生者かどうかを確かめべきだ。そのときも、こちらについてはバレないほうがいいだろう。転生者であっても、いつも味方とは限らないからな。

主人公の立場で利己的に立ち回るなら、大半のことは原作どおりに進めるほうが好都合だ。

原作の主人公本人なら、そのために他者を犠牲にしようとまではしないだろうが、現代人の場合はその前提が崩れる。いくらでも自分本位になるだろう。なんせ、主役だからな。

――まあ、それならそれで、俺のほうも主人公排除に向けて覚悟が決まるか。

ある意味では、気楽な展開だな。

敵がはっきりする。プラタという姫を守るためにそれと戦う。

なんともヒーローっぽくて、男の子なら一度は憧れる展開だろう。

悪意を持った現代人なら、ためらいはいらない。

元現代人と王子シュタール、その両方の意識を持つ俺は、ファンタジー世界の残酷さと現代人的な残忍さを兼ね備えている。

もちろん協力的な転生者なら、手を取り合う。原作どおりの逆ハーレムを望んだとしても、三姉妹さえ助けてくれれば、何かをしようというつもりはない。

今の俺にとって重要なのは、頼ってきてくれたプラタを守ることだ。

それ以外はあくまで、モブキャラとして物語には絡まず、端で大人しくしているつもりだった。

そうして明日からの、主人公が来る世界について、プラタと行動を打ち合わせていく。

「そうか。クプルムも、明日から学園だな」

「はい、そうです」

悪役令嬢の三女であり、ずっと甘やかされてきた、わがまま娘のクプルム。

彼女も明日から学園寮に入り、一年生として入学してくる。

クプルムは本当に、良くも悪くもわがままな子供というスタンスなので、上手く導ければ悪役令嬢ムーブをやめさせることはできるだろう。まあ、たまに実家に戻っていたプラタが軽く言ったくらいでは、全然聞き入れなかったみたいだが。

それでもフリソスよりは、どうにかしやすそうではある。

そんなふうに話をまとめると、プラタがこちらを見た。

「ね、シュタールさん」

彼女は少し潤んだ目で俺を見つめる。その可愛らしい様子に、俺は思わず見とれる。

「今日も練習、しましょう?」

「ああ……」

彼女の言う練習とはもちろん、フリソスを快楽堕ちさせるためのものだ。

だが、真剣にその練習をしているかと言われると、どうだろう。

最初に身体を重ねてから……どうも俺たちは相性がよかったらしく、プラタもすっかりとえっちになってしまった。ある意味、本当に「悪役令嬢は快楽に弱い」ということなのかもしれないが……

彼女がドスケベなだけという可能性も十分にある。

まあ、いずれにせよ、俺としてはプラタに迫られるなんて大歓迎であり、断るなんて選択肢はない。そうして、俺たちは部屋へと向かうことにした。

●

俺の部屋に入ると、すぐにベッドへと向かう。

元々は、フリソスのような気高い悪役令嬢は、快楽堕ちこそが弱点だ、という話だったはずなのにな。どういうわけか、プラタは練習ばかりしたがった。

今でもその建前はあるにはあるのだが、この毎日のような関係に、果たしてどれだけ理由として残っているのだろうか？

快楽堕ちの練習、ということでプラタと身体を重ねてから、俺たちは時間があればこうして身体を重ねるようになっていた。

俺からすれば、それ自体は問題ない。むしろ望むところだ。そもそも、モブでしかなかった俺に助けを求めてきたプラタを、破滅から救うというのが俺の目的だからな。

そんな彼女と求め合うのは、本望だと言えた。

事情を抜きにしても、プラタは大人しくうつむきがちでこそあれ、相当な美人だ。

スタイルもよく、大きな胸も目を惹く。俺の好みのタイプなのだ。

フリソスは派手なタイプの美女であり、迫力ある爆乳を持つ。性格も華やかで目立つため、大人しいプラタは印象が薄く感じられがちだ。

けれど実のところ、それはゲーム内の役割によるところも大きいのだろう。

派手な悪役令嬢の姉と、大人しく目立たないながらも、実は一番えげつないプラタ。

その立ち位置から原作では言及されていないが、令嬢プラタはまっとな美少女だ。裏の性格さえなければ、姉よりも男受けはいい外見と設定になっている。薄い本でのファンが多い理由だろう。

そして今は、彼女のその唯一の欠点は克服されている。つまりは、完全に魅力的な黒髪美少女であり、素敵な公爵令嬢であり、俺を求めてくれるエロい女性なのだ。

そんなプラタから迫られるのは、それだけで舞い上がってしまう。

ベッドに上がると、彼女のほうから俺に跨《また》がるようにして抱きついてきた。

そんな彼女を抱きとめ、細い肩へと腕を回す。

同時に、彼女の大きなおっぱいが俺の胸板に押し当てられた。

「シュタールさん、んっ……♥」

彼女が唇を突き出して、キスをしてくる。

柔らかな唇の感触が一瞬だけ触れて離れると、すぐ側にプラタの綺麗な顔が見える。

「……ちゅっ」

彼女は再びキスをして、こちらへと身体を預けてくる。

「ん、れろっ……」

軽く舌を絡め合う。伸びてくる彼女の舌を撫で上げるように動くと、その身体が小さく反応した。

「あふっ……」

口を離したプラタは、潤んだ瞳でこちらを見つめる。期待に満ちたその目は、俺の欲望をくすぐった。彼女は軽く上半身を離すと、細い手を俺の身体へと這わせてくる。

胸板からみぞおちへ。

そして彼女自身が身体を下にずらしながら、お腹へと降りていく。

さわさわと身体をいじられるのは少しくすぐったいが、エロスイッチの入った彼女の手つきはいやらしくて、それが俺の興奮を煽ってくる。

そうして身体を下へとずらしていったプラタは、その手を俺の股間へと乗せた。

上目遣いにこちらを見つめる。

その可愛らしさとエロさに見とれていると、プラタはすりすりと手を動かしていった。

細い指が股間を撫で回し、淡い刺激を送り込んでくる。

もどかしい気持ちよさに血が集まっていくと、ズボンの膨らみが大きくなっていた。

「シュタールさんのここ、もう膨らんでる……♥」

そう言って、指先がきゅっと肉竿をつかむ。

「ズボンの中でこんなになって……」

彼女は一度股間から手を離すと、俺のベルトへと手をかけた。

そのまま緩め、ズボンを下着ごと脱がしてくる。

俺は腰を浮かせて協力し、その先も彼女に任せることにした。

「あっ……♥」

下着から解放された肉竿が跳ねるように飛び出してくると、嬉しそうな声をあげる。

そしてそのまま、肉竿へと顔を寄せていった。

美女の顔が勃起竿のすぐそばにある光景は、とてもエロい。

「シュタールさんのおちんぽ♥　逞しくそそり勃ってますね……」

そう言って、彼女はそっと幹に手を添えた。

「熱くて、硬い……♥」

肉竿の熱さもあって、その指は少しひんやりと感じられる。

細い指がきゅっと肉竿を掴み、小さく動いた。

刺激に意識を向けていると、彼女がさらに顔を近づけてくる。

「れろっ……」

「うぉっ」

そして舌が伸び、亀頭をぺろりと舐めた。

温かな舌の刺激に思わず反応すると、彼女が笑みを浮かべる。

「おちんちん、ぴくんってしましたね。これ、気持ちいいですか？　ぺろっ！」

「ああ……すごく」

俺が小さくうなずくと、彼女はさらに舌を伸ばしてくる。

「ちろっ……れろっ……ん……」

彼女の舌が肉竿の先端を舐めていった。

「ん、ぺろっ……このおちんちんが私の中に入ってきて、ん、れろぉ♥」

彼女が大きく舌を伸ばして、裏筋を舐めあげる。

その気持ちよさに肉棒が跳ねると、彼女は口を大きく開けた。

「あーむっ♪」

そしてぱくりと先端を咥え込む。温かな口内が肉竿を包み込み、唇が幹を刺激した。

「ちゅぽっ♥　これ……フェラチオ……ですよね。んむ、大きくてなかなか根元まで、んぅっ……」

プラタは中程まで肉竿を咥え込むと、一度そこで止まり、頭が後ろへと下がっていった。

唇が肉竿をしごくように動き、とても気持ちがいい。

「んむっ、ちゅぶっ……」

彼女は再び、半ばほどまで肉竿を咥えていく。

「ちゅぷっ、じゅるっ……れろっ……」

動きの最中にも舌を動かし、亀頭をくすぐった。彼女のたどたどしいフェラで快感に浸っていく。

「あむっ、ちゅぱっ、れろっ……」

プラタの頭が前後し、長い髪が揺れる。肉竿を咥え込んだ美少女の、ドスケベな姿だ。

それもまた俺の興奮を高め、気持ちよさを膨らませていく。

「んむっ、ちゅぶっ、ちゅぱっ♥」

彼女は熱心にフェラを行い、男の肉竿へと奉仕していく。

「ちゅぷっ、ん、ちゅぱっ……♥　シュタールさん、気持ちよさそう」

「ああ、すごくいい……」

俺はそう言いながら、プラタを眺める。

チンポを咥えながら、上目遣いにこちらを見る彼女。その様子に、精液が溢れそうになる。

「ん、ちゅぅっ……♥　先っぽから、お汁が出てる。れろっ！」

「うぁ、そこはっ……」

彼女の舌先が鈴口をくすぐり、先走りを舐め取った。

「ん、ぺろっ……ここ、すごくいいんですか？　れろれろれろっ♥」

「あぁっ……くっ！」

プラタは俺の期待に応えるように舌を動かし、鈴口を責めてくる。

気持ちよさに腰が浮くと、プラタは今度は深く肉棒を頬張った。

「んむっ、じゅぽっ、じゅるっ……」

そのまま頭を動かし、肉竿全体をしゃぶっていく。

「じゅぽっ、れろろっ、じゅるっ……シュタールさん、もうイキそうなんですね♥　お口の中で、ん、じゅぽっ、おちんぽ、パンパンになってます……ちゅぅっ♪」

「あぁ、出そうだっ……」

「ん、いいですよ、このまま……じゅぽっ♪　私のお口に……じゅぶっ♥　せーえき、出してください。れろっ、ちゅぱっ、ちゅぅぅっ♥」

「あぁっ！　う、出すぞっ！」

俺はそのまま、彼女の口内に精を放っていった。

「んむっ!?　ん、じゅるっ、んくっ、んんっ……♥」

プラタは口を離さず、精液を飲み込んでいく。

「ちゅぅぅっ♥」

「うぁ……」

出したばかりのチンポに吸い付かれ、気持ちよさに声が漏れた。

彼女は尿道に残った精液まで吸い出すと、それを全て飲みきった。

「ん、ごっくん……♪　あふっ、シュタールさんのドロドロな精液……♥　濃すぎて喉に絡みついちゃいます……♥」

うっとりとそう言う彼女の口から、わずかに白いものが垂れ落ちる。

「れろっ……♪」

それを舌で舐め取る動作もエロくて、出したばかりだというのに猛りが収まりそうにない。

そして射精した俺以上に、プラタのほうが昂ぶっているようだった。

彼女は発情顔で俺を見つめている。

「プラタ、四つん這いになって」

「んっ……はい」

俺が言うと、彼女は顔を隠しながらうなずいた。

そしてベッドの上に四つん這いになる。手を突いて、こちらにお尻を向ける格好だ。

短くタイトなスカートから、清楚な下着が見える。

下着には愛液がしみ出し、割れ目の形を浮き彫りにしていた。

「この格好、恥ずかしいですね……」

「ああ。こっちからは、すごくエロく見える」

「あぅっ……」

小さく声を出し、もじもじと身体を揺らす。

それはむしろ、お尻を振ってこちらを誘っているようにも見えた。

俺はそんなプラタに近づき、彼女の下着をずらした。

「んっ……♥」

口から羞恥の声が漏れる。あらわになった陰裂は濡れ、メスのフェロモンを放っていた。

俺は滾る剛直を、その膣口へとあてがう。

「シュタールさん、んぁっ……♥」

そのまま腰を前へと進めると、じゅちゅっ、と肉棒が膣内へと入っていった。

熱くうねる膣内が、肉竿をきゅっと締めつける。

「んぁ、ああっ……♥」

濡れた蜜壺が肉竿を咥え込み、四つん這いのプラタが小さく声を漏らした。

俺はゆっくりと腰を動かし始める。

「んんっ……。はぁ、あふっ……♥」

膣襞がこすれ、快感を膨らませていく。

「ああっ、ん、はぁ……シュタールさんの、んっ、私の中に、んぁっ……♥」

声をあげるのと同時に、膣内が反応していく。俺は腰の速度を上げていった。

「あっ♥ん、はぁっ、んんっ……」

「プラタの中、すごく締めつけてくるな」

「あぅっ、シュタールさんの大きいのが、私の中、広げてくるから、ん、はぁっ……♥」

初々しかった秘穴も、すっかりと俺に馴染みつつあった。

蜜壷が愛液をあふれさせながら、肉棒を締めつけていく。

その気持ちよさと、感じる様子の彼女とで、俺の興奮は増していくばかりだ。

「あっ、ん、はぁ、ふぅっ……」

細い腰を掴みながら、腰を往復させていく。

「んはぁっ♥　あっ、ん、くぅっ！」

嬌声をあげて昂ぶっていくプラタ。

四つん這いの彼女が、ピストンに合わせて身体を揺らしていく。

膣襞が肉竿を擦り上げ、ますます俺の快感を膨らませた。

「シュタールさん、ん、奥まで、ああっ！」

ぐっと腰を突き入れると彼女が身体をのけぞらせ、膣内がきゅっと縮《ちぢ》こまる。

「プラタ、すごくえっちな姿になってるな」

そう言うとまた膣内が反応し、もっと締めつけてくる。

「んぁっ♥　だって、気持ちよくて、ん、ああっ……♥」

俺はどんどんと、ピストンの速度を上げていく。

「あっあっ♥　ん、はぁ、ああっ！」

彼女は声を漏らし、快感に身を委ねていった。

「シュタールさんっ♥　ん、はぁっ、あっ、ああっ！」

四つん這いのまま感じていくプラタに、思う存分、腰を打ちつけていく。

「んぁ、もっと、ん、はぁ、シュタールさんを感じさせてください、ん、ああっ！」

「ああ！　いいぞ」

俺は奥の奥まで肉竿を届かせながら、自分を刻みつけるように腰を振っていく。

「んぅぅっ♥　あっあっ、ん、はぁっ！」

快感に乱れるプラタの姿を見ていると、確かに快楽堕ちは有効なのかもしれないな、などと思う。

そして何より、俺自身が興奮する。

往復のたびに卑猥な水音が響き、彼女のおまんこから出入りする肉棒。

「んんっ♥　あっ、はぁ、あふっ……♥」

心地よい嬌声と、締めつけてくる膣内。ふたりでそのまま、上り詰めていく。

「あっ、ん、はぁ、イクッ！　イキそうですっ、ん、あぁっ♥」

「ああ、好きにイってくれ」

そう言いながら、俺は抽送を繰り返す。

「あふっ、ん、はぁっ、ああっ♥」

快感に声をあげ、快楽に身もだえていくプラタ。

「あぅっ、ん、はぁっ、ああっ！　イクッ！　ん、あっあっあっ♥　気持ちよすぎて、んぁ、はぁ、んくぅっ！」

「うっ……」

昂ぶる彼女のエロさと締めつけてくる膣内に、俺もこみ上げてくるものを感じた。

「んはぁっ♥　あ、ん、ふぅっ、シュタールさん、んぁ、あっ♥　イクッ、ん、イクイクッ、イックウウゥウゥッ！」

絶頂を迎えたプラタが、背中を思いきりのけぞらせながら身を震わせた。

膣内がぐっと締まり、肉棒をキツく締めつける。

その気持ちよさで、俺は腰を突き出しながら一番奥へと射精した。

「んはぁぁぁぁっ♥」

中出しを受けて、さらに嬌声をあげるプラタ。

「んはぁっ♥　あっ、イってるおまんこに、熱いの、ん、どぴゅどぴゅ出されて、んはぁっ♥」

気持ちよさそうに身体を震わせていく彼女の中に、精液をたっぷりと注ぎ込んでいく。

「ん、うぅっ……♥」

そして肉竿を引き抜くと、彼女のおまんこからは濃い体液が零れた。

彼女はそのまま、ベッドへと倒れ込む。

興奮の余韻にひたりながら、呼吸を整えるプラタはとても淫靡だ。

その姿を眺めながら、俺も一息つくのだった。

●

プラタには、二つのことを頼んだ。

主人公に正体を悟られないようにすること。

彼女と会うときはなるべく、原作どおりにすること。

もちろん、裏の顔はまだなしだ。

そして、いよいよ迎えた主人公の登校初日。

この学園には、ホームルームはない。

しかし、彼女は聖属性持ちという特別な存在であるため——もしくは、原作においてユーザーにわかりやすく説明をするために——三年生と、それ以外にも一部の生徒を集めて、彼女の紹介が行われた。

俺はそんな教室の真ん中ほどで、モブとして参加している。

原作上での接点はあまりないが、同学年だし、王子だし、参加しているのはおかしくない。

一部の生徒というのは当然、上級生である双子王子やフリソス、そして攻略対象となるメインキャラクターたちである。

そしてまずは、主人公に学園のことを教えるという名目で、同学年の女子生徒——このまま友人ポジションとなる人物がルビーに声をかけていた。

プラタも、表では友人のように接しつつ裏では……という役割なのだが、原作のこの場面ではまだ接触しない。

そのため、プラタも教室内にはいるものの、ルビーには近づいていかない。

当たり前だが主人公ルビーの見た目は、まさにゲームのそれだった。

明るい茶髪の、純朴そうな少女だ。華やかな貴族令嬢たちとはまったくイメージが違う。

ルビーは教室中から向けられる視線にまだ戸惑いを見せており、原作的どおりな反応だといえる。

彼女の視線は常に、目の前に順番に現れる友人キャラや攻略対象に向けられており、それ以外の、それこそプラタのほうなどには向けられていなかった。

つまり、不審な動きは見せていない。

ゲームを知る転生であれば、特にプラタやフリソスについては、気になるところであるはずだ。だがルビーはそちらには反応を見せなかった。

そんなルビーとは反対に、俺は堂々と彼女を観察することができる。

しかし、彼女に不審な点はまるでなかった。

転生者らしい警戒心や浮かれ方は皆無で、原作どおりの正しい主人公の姿だ。

プラタが俺の現代知識の痕跡をすぐに見つけ、接触をはかってきたのとは違う。

無論、状況の違いはあるにせよ、このゲーム世界をまったく意識しないというのは難しいはずだ。

ルビーは転生者ではない、純粋な原作側の存在なのか……。

あるいは、よほど芝居の上手い厄介な転生者だとしたら……。

まだ覚醒前という線もあるか。

いずれにせよ、彼女の前ではひとまず、原作どおりに接触していくのがいいだろう。

仮に転生者であっても違和感は少なくなるだろうし、原作どおりならそれはそれで、プラタは楽になる。

つまり、「一番の友ではないが、攻略対象以外では数少ない好意を向けてくれる上位貴族」としてのポジションにそのまま収まっていればいい。悪事さえ働かなければ大きな問題はないはず……。

王子である俺の手回しだけでも、プラタを救うには十分だろうが、主人公であるルビーの口添えがあれば、どんなルートに入ってもなお安全だ。

様々な可能性に思いを巡らせたが、結局のところ、確定的なことなどほとんどないな。

何も起こらないなら、原作であるプラティナテイルの知識が役立つだろう。

俺たちが知らぬことが起こるなら、それはそれで対処するしかない。

ルビーに問題がないなら、あとはやはりフリソスへの干渉が優先だな。

俺はモブキャラの一員として、学園案内を受けることになった主人公を見送る。

ゲーム内の時間進行は、けっこうタイトだ。ここからは本格的に物語が動き出すはずだ。

ルビーが出て行った後の教室は、ざわざわと喧噪に包まれている。

特別な聖属性の持ち主。

それを目の当たりにして、みんないろいろと話している。

羨望や嫉妬が入り交じるモブたちの会話を聞きながら、俺もこれからについて考えるのだった。

●

そして、主人公の登場から数日が経った。

彼女は瞬く間に学園中の話題をさらっていった。さすがは主人公だ。

ただささえ、聖属性という選ばれた者。そして庶民から一気に上位貴族の仲間入りを果たしたシンデレラでもある。

そんな彼女はある種当然に、貴族的な常識とはかけ離れたところにいた。

その振る舞いは学内では賛否両論であり、いずれにせよ人々の関心を惹きつけている。

「今日はいよいよ中庭で、お姉様と一悶着あるはずです」

原作に詳しいプラタの情報で、俺たちは中庭へと向かうことにした。

整えられた庭には温かな陽光が差し込み、テーブルでは何組かのグループがお茶会をしていた。

ここに後ほど主人公がやって来るのだが、貴族の作法と無縁の彼女は、攻略対象たち高位貴族を侍《はべ》らせながら中庭の花に見とれて、ふらふらとあちこちを歩き回ってしまう。

そしてはしゃいでいるところを、フリソスに咎められるのだった。

まあ、攻略対象のイケメンたちは、その貴族らしからぬ様子や素直な振る舞いを好意的に受け取り、彼女に惹かれていくのだがな。

何にせよ、フリソスの破滅はそういった正論攻撃による軋轢の積み重ねだ。イケメンたちからすればルビーを悲しませる行動であり、とにかくお邪魔なのだった。

可能な限りそれを削れば、風向きも幾分かはマシになるだろう。

今日のそのイベントは、悪役であるフリソスの顔見せという側面がある。

ルビーにすれば、聖属性への覚醒によって貴族の養子になり、華やかなイケメンたちとも出会って、浮かれているなかでのマイナスな出来事だ。公爵家の令嬢であるフリソスに睨まれることで、楽しい生活に一気に暗雲が立ちこめることになる。

この学園で初めて、自分に否定的な人物が登場するのだ。

原作では、前半のボスとなるフリソス。そのまま強敵となりそうだが、実際には裏で様々な嫌がらせを仕込んでいたプラタこそがラスボス扱いなのだった。そしてプラタの裏の顔の登場で、聖属性やその役割に関する話が動き始める。

シナリオ的にはイケメンに囲まれるのが売りであり、彼らとのやりとりが楽しみなのだが、それとは別に聖属性と悪しき者の話が繰り広げられていく。その悪しき者の封印イベントでに、ルビーが選んだ攻略対象と力を合わせるのだ。

それ自体はいいのだが、俺としては悪役令嬢の破滅を防ぎたい。そんなわけで、トラブルを少しでも回避すべく中庭にも来てみたが……。

フリソスがすでに中庭にいて、取り巻きたちとお茶会をしている。

その様子は実に絵になる光景だ。優雅に振る舞う彼女は、その美貌も相まってお姫様のようだ。

見た目だけなら本当に素敵であり、嫌われるどころか、人気者じゃないのが不思議でならない。

設定的には、見た目が完璧な悪役令嬢と、見た目は普通（とはいえ可愛い）主人公、という対比が先にあるのだろうな。

ともかく、正攻法はすでに限界を悟っている。単なる説得は、フリソスには効かない。

フリソスに直接、「主人なんて放っておいたほうがいいですよ」と言えれば楽なんだがなぁ……。

聞き入れられるはずもないので、俺たちは彼女の視線を主人公からそらす作戦に出た。

まずはふたりで、フリソスのグループに近づく。

「あら、プラタ様にシュタール様」

フリソス自身ではなく、彼女とテーブルをともにしていた令嬢が、俺たちを見つけて挨拶をしてきた。これは計画どおりだ。フリソスからは死角になっている位置だった。

プラタはフリソスの妹であり、俺も王子だからな。誰もが上の人間との人脈作りにいそしんでいるというわけではないが、フリソスの側にいるご令嬢たちは、そういうのが好きなタイプだった。

俺たちはそれに向けて、挨拶を返す。

流れで当然、フリソスにも挨拶をすると、彼女も丁寧にそれを返してきた。

彼女は俺たちにも厳しいことを言いはするが、決して横柄ではない。

むしろ、そういった礼儀の部分を重視するからこその小言だ。

「どうぞ、おふたりもよろしければ」

そのまま友人たちに誘われる形で、俺たちはテーブルに着くことになった。

主人公から気をそらすのが目的だが、このまま主人公と遭遇してもフリソスを止められない。

誘導が上手くいかないなら、主人公が来る前にこの場を撤退したい。そうでないと、俺とプラタがおかしな形でイベントに絡んでしまう。

理想はここでフリソスの気を上手くそらし、どこかに連れ出すことだが……難しいな。

そう考えている間にも、令嬢たちの話題はルビーのことになる。主人公視点ではないが、このあとの接触に繋がる、ゲーム的な進行だろうな。

転入してきたばかりの、聖属性の女子生徒。

この学園にいるすべての人間にとって、今一番の関心事は彼女のことだ。

「ルビー様は、ずいぶんと奔放な方のようですね」

およそ貴族らしからぬルビーの振る舞いは、人々の耳に届いている。

女子に人気の高いイケメンたちとも次々出会い、早くも交流を深める様子が目撃されていた。

奔放、という言葉は、その両方に対する棘《とげ》だろう。

特に、主人公を取り巻く男子のひとりは、第一王子であるカスティロスだ。

次期国王であり、これまではフリソスが婚約者候補として最も近い位置にいた王子様。

それを気にもしないルビーに対して、フリソスの周りにいる人間はいい評価を抱かない。

彼女が公爵令嬢として力を持っている、今はまだ……。

なんというか、前世から人間関係が得意でない俺は、どういう気分になっていいのかがわからなくなる。

今はこうしてフリソスの取り巻きをしている彼女たち。俺にも好意的だし、そんな彼女たちに現時点で悪い感情を持つのは難しい。

けれど彼女たちはこのあと、旗色が悪くなるとすぐにフリソスを裏切り、情報を売る側へ回るような人間だ。俺とプラタはそれを知ってしまっている。

保身に走るのは立場を考えれば理解はできるが、やはり肯定的に捉えるのは難しい。

俺は主人公の噂話を聞きながら、感情の置き所に困っていた。

それはおそらく、すぐには解決できない。

ひとまず今は、フリソスと主人公の接触をなんとかしなければ。

「お姉様は、ルビーさんをどう思いますか？」

プラタが尋ねると、フリソスは表情を変えずに言った。

「学園生活も大切だとは思いますが、まずは最低限の礼節を身につけるべきですわね」

「そうですよね！」

その言葉に、取り巻きのひとりがすかさず賛同した。

「殿方と奔放に遊んでばかりで……」

「聖属性の持ち主として、ふさわしい振る舞いが求められますよね！」

それぞれの視点はどうあれ、この先を考えるとよくない流れだ。

「聖属性の人間として、役目さえちゃんと果たしてくれるなら、多少のことは目をつむってもよさそうじゃないか」

下級生とはいえ俺は王子なので、公爵令嬢への意見はそこそこ許される。

しかし俺がそう言うと、フリソスがこちらへと目を向けた。

やはり美人だよなぁ……と、見とれてしまう部分は避けられなかった。

凛々しい美女にじっと見られると、やはり圧力があって緊張してしまう。

「たしかに、そうですわね」

思いのほか良い反応だったが、そうはいかないようだ。

「でも、今のルビー様に、それができるかは疑問ですわ」

すかさず取り巻きがルビーを貶す。聖属性だともてはやされてはいても、誰もその力を見たことはない。これが素直な反応なのかもしれない。

「そういえばプラタ、最近はシュタールとよく一緒にいますわよね」

「は、はい、お姉様」

フリソスに言われて、プラタが小さくうなずいた。

どうしても、プラタの反応は微妙なものになるな。

「いろいろと噂は聞いていますが……」

その噂というのはまさに浮ついたものだろう。プラタは、顔を引きつらせた。

「シュタールと仲がいいのは、良いことだと思いますわ」

しかしフリソスはそう言って、再び俺へと目を向けた。

探るような彼女の目に、物怖じしてしまう。

フリソスは再びプラタへと目を向けて続けた。

「けれど、シュタールと過ごすならなおさら、あなたは様々な振る舞いを、もっと見直さないといけませんわ。王家の方々も、きっとご存じです」

「そう、ですね……」

気圧されたプラタが小さくうなずいた。

幼い頃から教育を受け、公爵令嬢として求められるハードルをしっかりと越え続けたフリソス。

今も、成績だって双子王子に次ぐ三位だ。

さらには第一王子の婚約者候補筆頭だったフリソスに比べると、プラタはやはり目立たない。

そしてそれは、兄と比べたときの俺も一緒だ。今更と言えば今更な話だがな。

きっと、優秀な第一王子、そして妃候補の自分の努力と、プラタのことを比べているのだろう。

俺はフリソスの様子を探る。肯定か、もしくは遠回しな否定か……。

彼女がプラタに向ける目は怒りや叱責とは違うようだが、その真意はまだわからない。

「シュタールももっと精進して、プラタを引っ張ってくださいな」

「お、おう……わかった」

俺は小さくうなずいた。

噂についてもっと責められるかとも思ったが、想像よりはかなり穏やかだった。

俺たちの関係は、原作にはない。もっとルビー相手のように責められる可能性もあった。

しかし、フリソスのもの言いはなんだか……普通に妹を心配する姉っぽいとも思える。

いや、まあその語気というか、迫力は十分にあったけれども。怖かったしな。

彼女は俺たちをじっと眺めると、取り巻きたちに声をかけた。

「そろそろ行きましょうか。ふたりともしっかりと立場を忘れず、頑張りなさいな」

そう言って立ち上がったフリソスに、取り巻きたちが続く。

そうして彼女たちは、さらりと中庭から去って行ったのだった。

そこに丁度、主人公たちがやって来る。間一髪だったな。

フリソスたちとは逆方向からだったので、顔を合せずに終わった。

「なぜだかはよくわからないが、上手くいった、のか？」

「私たちが来たことで、お姉様が早く席を立ったみたいですね……」

そう話す俺たちから少し離れた所から、庭園の花にいちいち驚き、大きな声で感動を伝えるルビーの声が聞こえてくる。

攻略対象たちが微笑ましくそれを見守る、予定通りのイベントだ。

しかし、それを注意する者は現れず、彼女たちはキラキラとはしゃいでいる。

「もっとちゃんとしなさい、と言われて話を切り上げられるのって、本当だったら落ち込むところですが……」

「ああ、そうだよな。俺もいちおう、王子なんだがなぁ……」

それでも、俺たちは安堵していた。これ一つですべてが変わるものではないが、ひとまず今日は、破滅に繋がるイベントをスキップできたようだ。

それも、最初の大きなイベントを。切っ掛けの一つを潰すことができた。

もちろん、主人公側の振る舞いやフリソスの考え方が変わらない限り、どこかでぶつかることはあるだろう。しかし、攻略対象たち全員が揃っているイベントを消したのは大きい。今日のシチュエーションに比べれば、インパクトが薄れるのは間違いない。

中庭はこれ以降も、イケメンたちとのイベントでも使われる場所だしな。

フリソスに言われたことに関しても、素直に受け取っておこう。

フリソスの姿勢には悩まされるだろうが、上手くやれる可能性も出てきた。

「この調子でイベントを回避できれば……」

「上手くいくかもしれませんね」

その間にフリソスにももっと働きかけて、彼女を少しでも変えられたら、姉妹破滅エンドを迎えることなく、最後まで進めるかもしれない。

希望が見えたことで、俺たちは次の重要イベントとフリソスの説得材料について考えるのだった。

●

主人公の転入と同時に、一年生としてプラタの妹クプルムが入学してきていた。

彼女は三姉妹の末っ子ということもあってか、幼さが目立つタイプの悪役令嬢だ。

その振る舞いも、フリソスのように権威的だったり、プラタのような陰湿さではなく、幼さと高い才能からくるわがままだった。その傲慢さで周囲の反感を買い、姉たちと共に破滅を迎える。

所謂メスガキ的な、ある意味では純粋な態度の彼女はとてもわかりやすい。

いつもの場所、学内カフェの端の席で今後について話していると、周囲がにわかにざわついた。

その様子に注意を向けると、ひとりの女生徒がこちらへと向かって歩いて来る。

「……クプルムですね」

その姿を見て、プラタが言った。

「ああ」

クプルムは特徴であるツインテールを揺らしながら、こちらの席までやってくる。

背が低く、まだ幼さを残す顔立ち。

造形としては可愛らしいが、その雰囲気はやはり生意気なメスガキといった感じで、よく言えば堂々と、悪く言えば不遜な空気が漂っている。

しかし見た目の良さもあってか、それもある種の魅力に感じられる。

もちろん、見た目は、という話だが。

全体として見れば年齢より若い印象のクプルムだが、ある一点はそれを裏切っていた。

小さな身体のなかで、そこだけが存在を大きく主張しているおっぱい。

大きく開いた胸元からは、幼い雰囲気にそぐわないたわわな果実が実っており、彼女がずんずんと歩くたびに、たゆんっ、たぷんっと揺れている。

顔立ちとのギャップもあり、妖しい魅力を放っていた。

ついその巨乳に気をとられているうちに、彼女は俺たちの席へと到着し、こちらを見る。

「プラタお姉様と――あなたがシュタールね?」

こちらに向けてそう問いかけるクプルム。

「クプルム、久しぶりね。あのね――」

一応は王子である俺に対する態度ではない、と咎めようと口を開いたプラタだが、クプルムはそんなプラタに一瞬だけ目を向けると、無視してすぐに俺をじっと見た。

睨んでいるのか？　とも思ったが、どうやら値踏みされているような感じだ。

ちなみに、フリソスの妹である彼女とも、以前に顔を合せたことはあるはずだが……。

とはいえ、学園寮に入ってからは初めてか。数年ぶりではあるし、成長期の数年というのは大きなものだろう。ほぼ初対面みたいな印象でも、仕方ないのかもしれないな。

クプルムの噂もまた、俺の耳には届いている。

彼女がメスガキ的なわがまま娘に育っているのは、もちろん公爵令嬢であることが一番大きいのだが、それを助長させているのは彼女の優秀さである。

公爵家に生まれただけなら、立場と責任についてうるさいフリソスがわがままを許しはしないだろう。しかしクプルムは天才肌であり、表面的な様々なハードルをあっさりと越えてくる。

そのわかりやすい例が、今年の新入生代表挨拶がクプルムだったことだ。しかも、単独で。

学園の新入生挨拶は通常、立場が一番上である貴族家の者と、成績トップの者、そのふたりが行うのが基本になっている。

この学園にある、建前の平等感。上位貴族を立てつつ、魔法の才能によっても評価することを表明するスタイルだ。

成績には魔法技能が含まれ、勉学よりも高く評価される。そもそも。この世界の貴族が貴族として成り立つ理由の一つが魔法だ。

才能を持つ者との婚姻を行う上位貴族のほうが、潜在能力も高くなる傾向にある。そんな中でも、基本的には多少の調整を行って、新入生の挨拶はふたりで……となるのが普通だった。

しかし、クプルムはその両方で選ばれていた。

成績でも家柄でも、クプルムに少しでも近づける者がいなかったのだ。圧倒的な才能だった。

そのことが、さらに今の彼女の増長を加速させている。

ただでさえクプルムは、わがままを許される立場にあり、止める者のいない存在だった。

学力や魔力において、フリソスが求める実力を十分に持っていたことから、苦言を呈されることも少ない。そうして尊大になっていく中で、自身より注目を集めるルビーに対して反感を抱き、余計な手出しをしていくことになる。

原作プラタほどの陰湿さはなく、フリソスほどの正当性もないクプルムは、ある意味では最も破滅ルートで自爆していくタイプだ。

感情のまま動き、それでも揺るがない主人公に対して一線を越えていく。

そんなクプルムの破滅を回避させるのもまた、「思い通りにならない主人公」よりも興味を持つものを見つけてもらうしかないか……。

彼女自身が大人になっていくのは……期待薄だ。

主人公のような成長イベントが用意されている訳でもないので、短期間で劇的に変わるというのはそうそう考えられない。

「ふうん」

プラタの話を聞き流したクプルムは、もう一度俺を眺めると小さくうなずいた。

「上の中くらいかな？」

「それは、意外と好評価だな。ありがとう」

俺は小さく笑いながら、肩をすくめた。

いきなり値踏みされたので、場合によってはいらつくような場面ではあるが、可愛らしい少女から存外にいい評価をもらえば、なんとなく嬉しくなってしまうのが男心だろう。

「ただの第一印象よ」

「それで、どうしていきなり評価を？」

俺が尋ねると、クプルムは不敵に笑った。

「プラタ姉様がいつも一緒にいるっていうから、どんな男か見に来たの」

隠さず、まっすぐにそう言うクプルムは、とても素直だ。

「ま、とりあえず今日はそれだけでいいわ」

言いたいことだけ言って、クプルムはすぐに去っていった。

まさに素直というか、やりたい放題というか。

しかし想定ほどとんでもない性格でもなく、むしろなんだか可愛らしさを感じたのだった。

クプルムが接触を図ってきたこともあり、彼女に関しての話をしようということで、俺たちは夜、も部屋に集まっていた。

「クプルムのほうが、フリソスよりは言うことを聞いてくれそうだが……」

今日の様子も、尊大さこそあれ、姉と仲良くしている相手がどんなものか気になるという可愛らしいものが透けて見えていた。

欲望に忠実というか、素直なのだというのがわかる。

三姉妹については、主人公や攻略対象たちとは違い、さほど詳しく裏設定は明かされていない。

姉妹であるプラタも覚醒前の記憶は曖昧で、知り尽くしている訳ではないが、クプルムはわかりやすいと言えるだろう。

一番シンプルな対処は俺かプラタが、クプルムや主人公よりも目立つ存在になるというものだが、全く現実的ではない。

成績は論外だし、魔法に関しては何より聖属性の主人公がいるからな……。

「そうですね。クプルムは自信過剰ですが、自分を中心に世界が回っている……というところさえなんとかできれば良いかもです」

そう言ったプラタが、ぽんと手を打った。

「シュタールさん」

そしてぐいっと、こちらに身を乗り出す。

「クプルムこそ、わからせですよ！」

彼女は前のめりになって続ける。

「生意気メスガキこそ、まさに快楽堕ちが似合います！」

テンション高く言うクプルムに気圧されつつ、それもわからなくもないな、と思った。

俺もすっかり、プラタに影響されているのではないだろうか……。

「それにクプルムはあの性格ですから、挑発にも簡単に乗ってくると思います」

「たしかに、そんな気はするな」

フリソスよりも、あっさりと引っかかりそうな気はする。

「それに、私たち姉妹が快楽に弱いのは、私でわかってますしね」

そう言うプラタがえっちなだけでは……という気が、今でもしないではない。

練習だと言っていたのに、すっかりとセックスにはまり込んでいるドスケベな彼女だ。しかし確かに、姉妹全員そうなのかもな、という気もする。

こんなに美人ばかりで、露出度が多い世界だ。設定的にもえっちな女性に決まってる！

そんな風に言いはじめたときは何かと思ったが、イベント回避が可能であるあたり、原作重視よりも二次創作的な世界観なのかもしれない。

そうなれば、本来の対象ユーザー以外にも知られることになった、薄い本が活きてくる。

悪役令嬢たちがその見た目を気に入られ、快楽堕ちする話が増えた時期がある。

その影響でえっちな世界になった……というのも、あり得るかもしれない。

いずれにせよ、クプルムの場合は挑発に乗りやすいだろう。

クプルムだって、魅力的な女の子だしな。俺としては、やってみる価値があるかもしれない。

●

「わざわざなんの用？　さっきの話で、気を悪くでもしたのかしらねぇー」

プラタはクプルムを、俺の部屋へと呼び寄せたのだった。

やや不機嫌そうな雰囲気を出しつつも、素直に部屋までは来てくれた。

そして室内を一瞥すると、ソファへと寝そべった。

傍若無人というか隙だらけというか。

彼女はうつ伏せでソファに寝転がり、パタパタと脚を揺らしながらこちらを見る。

深いスリットから伸びる脚と、チラチラと見えそうになる下着。

「クプルム、はしたないですよ」

プラタがそう注意するが、クプルムはどこ吹く風だ。

まあ、隙の多さについては、仕方ない部分もあるのかもしれない。

令嬢としてはしたないというのはその通りだが、隙だらけだからといって、公爵令嬢に襲いかかるような男はいなかったのだろう。

クプルムは童顔と身長から年齢より幼く見えはするものの、女の子としては大変に魅力的である。

それでも、その地位と護衛たちによって害意からはきっちりと守られており、そう言った意味での危険からは遠ざけられている。

転生者である俺やプラタの感覚では無防備すぎて心配になるものの、意外と問題はないわけだ。

まあ礼儀という意味では、王子である俺を前にしてソファに寝転び、ぱたぱた脚を動かしている姿は、令嬢として注意されるべき態度ではあるが。

「それで、なんでわざわざあたしを呼び出したの？」

彼女はそう聞きながら、部屋を見回す。

「特に面白いものがあるって訳でもなさそうだし」

そう言った彼女は、いたずらっぽい表情になって続けた。

「あたしと一緒にいたところで、地味なプラタ姉様やシュタールが、すごくなるわけじゃないのよ？」

なんとも不遜な物言いだが、性格や振る舞いはともかく、能力に関してはクプルムのほうが評価が高いのは事実だ。

「上の中なシュタールさんに負けて、面白くなるのはクプルムのほうだよ」

プラタが言うと、クプルムは怪訝そうな目を向けた。

「何言ってんの？」

「素直に言うことを聞けないクプルムを、わからせちゃおうと思って」

プラタがそう言うと、クプルムはにやっと笑みを浮かべた。

「プラタ姉様があたしをわからせる？　ふふっ、ちょっと面白いわね。返り討ちにして泣きながら謝ってくれたら、もっと面白いかも」

そう言ったクプルムの周囲に、魔力が集まっていく。

プラタは一瞬焦りを見せつつ、すぐに言葉を足した。

「勝負するのは私じゃないし、魔法勝負なんて言ってないでしょ。またそうやって話を聞かないんだから」

「ふうん？」

クプルムの目が俺へと移った。

もちろん魔法で勝負する気はないが、実際にやってみたなら、どうだろうか。

魔力量自体はクプルムのほうが上だが、俺は俺で最近、現代知識で魔法を改造できた部分もあるため、原作設定よりはいい勝負ができそうだが……。モブらしくなく、そんな気持ちも湧いてくる。

しかし、勝てるかどうかわからない状態でクプルムを勢いづかせてもよくないな。

じゃあ、これからプラタが仕掛けようとしていることに自信があるかといえば、当然そんなこともないのだが。

「私たちが挑むのは、快楽勝負よ！」

「快楽勝負？」

プラタが勢いよく言うのに対し、首をかしげるクプルム。

「そう。互いを気持ちよくさせて、先にイッたほうが負けっていう、大人の勝負よ！」

言っていることは無茶苦茶なのだが、勢いと自信がすごすぎて、俺まで一瞬「そういうスポーツなのかな？」と思ってしまいそうなくらいだ。

冷静に考えて、そんなわけないが。

「なにそれ？」

クプルムにはあまり響いていないようで反応が鈍い。オタク知識も、性知識もなさそうだしな。

それを見たプラタが、にぃっと嫌みっぽく笑う。

普段の彼女を見ていると似合わない笑みだが、原作の腹黒を思うと、存外そういう表情が似合っているとも言えるのかもしれない。

「ああ、クプルムはまだ入学したばかりでお子様だし、大人の勝負はできないかな？」

やすっぽい挑発だが、クプルムはすぐにのってきた。

「はぁ？　できるし！　あたしを誰だと思ってるの？」

「でも、やったことないでしょ？」

プラタがさらに煽るように言うと、クプルムは言い返す。

「そのくらい、ちょうどいいハンデだわっ！」

天才肌であり、これまで何でも易々こなしてきたクプルムは、自信満々に言った。

その勢いは俺にはないもので、なかなか魅力的でもある。

ぐっと胸を張って言い切るクプルム。

かっこいいと思うと同時に、勝負の内容もあって、突き出されてたゆんっと揺れるおっぱいについ気をとられてしまった。

快楽勝負――当初からプラタが言っている、悪役令嬢の快楽堕ちが目的だ。

ということは、当然これからクプルムを、性的にひぃひぃ言わせるのが俺の役割なわけで。

「ずいぶん強気みたいね。その自信がいつまで持つかしら」

プラタはクプルムを煽り続ける。

「やってやるわよ！」

そう言ったクプルムに、プラタは快楽勝負――セックスについて教えていく。

「なっ、は、破廉恥なっ……それって、だってその……」

クプルムは顔を赤くして、少し慌てているようだった。

これまでの強気から一転、慌てる姿は思わず可愛く感じてしまう。

生意気なメスガキをわからせるというのももちろん興奮するが、元々そっち方面が俺の性癖なわけではない。ここで可愛くなられるのは、ある意味ピンチかもしれないな。

半ばのんきにそんなことを思う反面、これからのことを思うともう、うずうずムラムラし始めている。

「誰でもできることだけど、クプルムにはまだ早いかしらね？　無理なら、逃げてもいいわよ？」

プラタがわざとらしくそう言うと、クプルムはさらに顔を赤くして吠えた。

「はぁ？　全然平気だしっ。シュタールの雑魚ちんぽなんか、美少女のあたしがすぐに負けさせてあげるんだからっ！」

「だそうです、シュタールさん♪」

にこっといい笑顔でプラタが言った。

その目は俺への期待と「やっぱり悪役令嬢は快楽堕ち！」という彼女の欲望で輝いている。

ある意味では今のプラタも、原作どおりの性格なのかもしれないな……。

「後からいろいろ言われるのも嫌だし、クプルムとシュタールさんで勝負してください」

そう言って、プラタは立ち上がった。

「プラタお姉様は外に？」

「ええ。基本的には一対一ですることですしね。それとも、クプルムはお姉様に見守っていてほしい？　シュタールさんのつよつよちんぽにすぐに負けそうだったら、助けるほうがいいかしら？」

プラタがまた煽ると、クプルムが言い返した。

「そんなことないし！　あたしひとりで、シュタールの雑魚ちんぽなんて倒しちゃうからっ！」

そう言ったクプルムが、キッと俺に向き直る。姉妹そろって、とても公爵令嬢とは思えない会話だ。もしかすると、この世界はほんとうに二次創作側なのでは……そんな疑問が思わず浮かぶ。

「それじゃ、早速するわよ。シュタールの子種汁、全部吐き出させてあげるからっ！」

そうして前のめりなクプルムとともに、ベッドへと向かうのだった。

ふたりしてベッドに上がったところで、クプルムが一度止まる。

俺はゆっくりと彼女へと近づいた。

するとクプルムははっと気を取り直して、手をこちらへと伸ばしてくる。

「ま、まずはその部分を見せてもらうわね」

そう言って、クプルムは俺のズボンへと手をかけた。

俺は素直にそれを受け入れ、彼女がどうするのかを見守る。

「ん、しょっ……」

彼女は俺のズボンを脱がせると、股間へと目を向けた。

「わっ……なんか膨らんでる……ここに、男の人のが……んんっ……」

「どうした？」

俺が促すと、クプルムはキッとこちらを睨んだ。

「どうもしないわよっ……すぐに脱がせて、喘がせてやるんだからっ」

彼女はそう言って、俺の下着を下ろしていった。

「んっ、これが……」

クプルムの視線が俺のペニスへ注がれる。まじまじと見られると少し気恥ずかしいな。

「これをきもちよく……するのね」

クプルムの手が、おそるおそる肉竿を握った。

小さな手がまだ大人しいペニスを包み込む。

「なんだかふにゃふにゃしていて、聞いていた話と……わっ……」

クプルムは驚いたように、こちらを見上げた。

「な、なんか手の中で大きくなってきて、これっ……」

勃起していく肉竿が、すぐに彼女の手からはみ出し、存在を主張していた。

「硬くなって……なんか不思議……」

そう言いながら、くにくにと肉竿をいじるクプルム。

彼女は興味深そうに肉竿を見ながら、小さく手を動かしていく。

その動き自体は快感としては小さめだが、美少女が興味津々に肉棒をいじっている姿というのは背徳的な興奮があるな。

そんなことを考えながら、彼女の愛撫を受けていく。

「ねえねえ、どう？　もう出ちゃうの？」

そう言ってこちらを見上げて、にやっと尋ねてくるクプルム。

直接的な気持ちよさ以上に、その素直さがかえってエロい。

「どうだろうな」

俺があえて素っ気なく言うと、それを強がりと受け取った彼女は、楽しそうに笑みを浮かべた。

「ほらほらぁ♪　もうイっちゃいそうなんでしょ？　男なんて、簡単に出ちゃう知ってるもん。あたしの手で白いの……出しちゃいなさいよ、ざぁこ♪」

「うぉ……」

「きゃっ！　こ、これ、なんかびくんってしたんだけど……！」

典型的なメスガキ煽りに思わずムラッときてしまい、それが肉棒に伝わる。

クプルムはそれに驚いて、思わず手を離していた。

その可愛らしい様子に思わず笑ってしまうと、彼女は顔を赤くしながら気恥ずかしそうにこちらを睨む。

しかしそこに迫力はなく、むしろすねているみたいで可愛らしい。

「笑ってるけど、ちんぽが反応したってことは、もう出そうってことなんじゃないの？」

彼女は言いながら自身の優位を再確認し、また生意気そうな笑みを浮かべた。

そんな態度もだんだんと可愛く思えてくるから不思議だ。

「ほらっ、こうしておちんぽをつかんで、しこしこっ！」

彼女は上下に手を動かしていく。

妙に素直な様子は色気に欠けるものではあるが、その手つきの稚拙さは背徳的な欲情をくすぐってくる。

「あたしの手で、すぐにイっちゃう雑魚ちんぽよね♪」

そう言って手コキを行っていくクプルム。

「いーけっ、いーけっ♪　あたしの初めて手コキで、情けなくせーしびゅーびゅーしちゃえ♪　本当は女の子のアソコに出すための子種汁、お手々で絞られて無駄打ちしちゃえ♪」

煽ってくるクプルムをすぐに押し倒したくなるのをぐっとこらえ、俺はまずそんな生意気メスガキのおっぱいへと手を伸ばした。

「ひぅっ！」

むにゅんっと俺の手がその柔らかな膨らみを揉む。

「あっ、ちょっと……」

「イカせ合いなんだから、こっちだってそろそろ反撃させてもらうぞ」

そう言って、小さな身体に似つかわしくない、大きなおっぱいを揉んでいく。

柔らかいながら、若いハリもある乳房。

元々大きく開いている胸元から、服の内側へと手を滑り込ませる。

そして生乳を揉んでいった。

「んんっ♥　なんか、手つきがすごくいやらしいっ、あふっ……」

「そりゃ、いやらしいことをしてるんだからな」

そう言いながら、手を動かすと、彼女も負けじと肉竿をしごいてきた。

「生意気なこと言うなら、このちんぽ、すぐにイカせてやるんだから、ほらほらぁっ♪　出しちゃえ、雑魚ちんぽ♪」

彼女は上下に手を動かしていく。

やや雑な動きではあるが、クプルム自身の力があまりないため、結果的にはなかなかに悪くない力加減だった。

見た目は小柄な女の子が肉竿をしごいていく姿への興奮もあり、思うほど余裕とはいかないかもしれない。ここは姉であるプラタとの経験を活かしていくとしよう。

そう思いつつ、俺は柔らかな胸の頂点でつんと生意気に尖ってきた乳首をいじる。

「ひうんっ！　あっ、乳首、んっ……」

「クプルムの乳首、立ってるな。感じてきてるんだろ？」

そう問いかけると、彼女はごまかすように、さらに手を動かしていった。

「そんなことないし、んっ、シュタールの手なんかで、気持ちよく、あっ♥」

エロい声を出してしまうクプルム。やはり、弱いところが姉に似ている。

その声は容姿に反してとても女らしく、俺の欲望をくすぐる。

「はぁ、あっ……んっ……」

そんな彼女の乳首をつまみ、いじり回していく。

「んんっ、だめ、んぁっ……♥」

可愛らしい声に、こちらの興奮は増す一方だ。

チンポをしごく手も不規則で、動きが緩くなっている。

「乳首はダメか。それなら……」

俺は片方の手を胸に残しながらも、もう片手を下へと下ろしていく。

そして深いスリットから内側へ忍び込み、下着越しに割れ目をなぞった。

「あっ……」

彼女がきゅっと脚を閉じるが、俺の手はその内腿に挟まれた状態だ。

そのまま指を動かし、ショーツ越しに陰裂をいじる。

「あっ、ん、はぁ……♥」

「濡れてるな。ほら」

そう言いながら指を動かすと、くちゅり、と卑猥な水音が響く。

「んっ、そんなこと、はぁ……」

彼女は両手で俺の手を離そうとしてきた。

「もう防御だけで精一杯か？」

そう煽ってやると、小さく首を振った。

「違うっ、ん、ただ、あ、あんたなんかに、あたしのアソコを、んっ、触られるのが、きもちわるいだけっ、んぁっ♥」

「そう言うわりに、なんだか気持ちよさそうな声が出てるけどな」

そう言って、さらにおまんこをいじっていく。

次は下着をずらし、直接に、濡れているそこへと指を這わせた。

「んっ、あっ、ふぅっ、ん、ああっ……」

クプルムは切なそうな声を漏らし、蜜をあふれさせていく。

俺はその割れ目を押し開き、指先を軽く内側へと忍び込ませた。

「あっ♥ん、はぁっ……」

そのままくちゅくちゅと入り口の辺りをいじっていく。

「んんっ、はぁ、あっ、ん、だめぇっ……あっ♥」

彼女はきゅっと身体を縮こまらせながら、俺の愛撫を受けていた。

感じやすいのはプラタだけではないようで、クプルムもかなり敏感みたいだ。

「あっ、ん、これっ、あっ、きちゃうっ……ん、ふぅっ……」

感じている彼女に意地悪をしたいという気持ちもあったが、あえて焔らずに、そのままおまんこをいじっていった。処女まんこには、これでも十分な刺激だろう。

「あっ、ん、はぁ、ああっ……♥」

高まっていく彼女の膣口に、浅く指を出入りさせる。

「んっんっ、はぁ、あっ、ん、あぅっ♥」

クプルムのおまんこからは愛液があふれ出し、膣内もほぐれていく。

「あぁっ、ん、はぁ、あふっ、ん、くぅっ……」

彼女の限界が近いのを感じ取り、俺は指を引き抜いた。

「あっ……」

残念そうな声を出すクプルム。

俺はにやけそうになるのを抑えながら、彼女に提案した。

「そろそろ、直接対決といこうか」

「んっ……」

クプルムは快感に少しぼーっとした様子で俺を見つめ、その視線がつーっと肉竿へと降りていく。

彼女はうっとりとした目で、勃起チンポを眺めた。

「あぁ……そ、そうね……んっ……シュタールの、このガチガチおちんぽを、あたしのアソコで……んっ♥」

クプルムはゆらりと身を起こすと、俺の上に跨がってきた。

それから軽く腰を浮かすと下着を自分でずらし、勃起竿へと手を伸ばす。

「んっ……熱くて硬い……これが……ふぅ、んっ……♥」

彼女は肉竿を握り、自らの膣口へと導いていく。

俺は仰向けのまま彼女を見上げ、その様子を眺めていた。

「あっ、ん、くぅ、んっ！」

クプルムはゆっくりと腰を下ろしていく。

肉棒の先端が膣口を押し広げ、愛液を受けながら侵入していく。

すぐに処女膜に当たり抵抗を受けるも、クプルムはそのままぐっと腰を落とした。

「んくっ、あぁぁっ！」

亀頭が処女膜を裂いて、肉棒が膣内へと迎え入れられる。

ぬぷっ、と熱く濡れた膣道が肉竿に押し広げられていった。

「あぅっ、ん、大き……あたしの中、ん、あぁっ……！」

狭い処女穴が肉棒を強く締めつける。

その刺激に欲望が高まった。

「ふぅ……ふぅ……ん、はぁ……」

彼女は初めてのモノを受け入れ、呼吸を整えていた。

「大丈夫か？」

俺が尋ねると、彼女は涙目でこちらを睨むようにした。

「全然、よゆーだしっ……シュタールこそ、あたしの中に挿れてもらえただけで、出しちゃいそうなんじゃないの？」

挑発してくるだけの余裕はあるらしい。

彼女はしばらく身体を止めていたが、膣内はうねり、肉竿を刺激してきた。

「はぁ、ん、ふぅ……それじゃ、動くわよ」

「ああ」

宣言してから、ゆっくりと腰を動かし始めた。

「んんっ……はぁ、あふっ、ん、あぁ……」

緩やかな動きに合わせて、膣襞が肉竿を擦り上げる。つい先程まで処女だった膣内は狭く、刺激が強い。

クプルムはその小さな身体で俺に跨がって、腰を動かしていた。

「はぁ、あっ、ん、ふぅっ……」

吐息を漏らしながら、抽送を行っていく。

元々露出が多い格好だが、着崩れた今はもう、隠すべき場所がちらちらとあらわになってしまっている。

小さな身体の中で存在感を主張する巨乳が、ピストンに合わせて弾んでいる。

そのエロい光景と狭い処女穴の締めつけで、俺は高められていった。

「はぁ……！　あっ、んっ……♥」

クプルムはだんだんと腰振りの速度を上げていき、同時に感じてきているようだった。

挿入直後とは違い、また漏れる声に色がついている。

エロく腰を振っていく彼女のおまんこが、肉竿に吸い付いている。

「あたしの中で、ん、はぁ……シュタールのちんぽ、びくびく感じちゃってる」

こちらを見下ろしながら、煽ってくるクプルム。

実際にも狭い膣内で締めつけられて、かなり気持ちがいい。

「ほらほら、んっ、さっさとイッちゃいなさい、んっ♥」

そう言いながら腰を振るクプルムも気持ちよさそうになっているのが、余計に俺の興奮を煽ってくる。

このまま彼女に任せるのも気持ちよさそうだが、今回はあくまで快楽堕ちが目的だからな。

しっかりとわからせないとな。

俺は彼女の細い腰をつかんだ。

「ん、どうしたの？　もうイキそうで、あたしの動きを止めたいの？　だーめ、ほらほらぁ♥」

彼女は俺を挑発するように、さらに腰を動かし、その生意気おまんこで肉棒を刺激してきた。

その気持ちよさに欲望が膨らみ、俺は下から腰を突き上げる。

「んくぅっ！」

彼女がビクンとのけぞって、あられもない声を漏らした。

「あぅ、それ、おちんぽ、ズンッってするの、んぁっ！」

俺はそのまま腰を突き上げていく。

「んぁ、だめっ！　あたしの中、んぁ、おちんぽがズンズン突いてくるっ……♥　奥に、んぁ、ぶっといのが、あぅっ！」

クプルムは腰振りをやめるが、俺は止まらない。

「あうっ、ん、あっ♥　だめ、あっあっあっ♥　突き上げられて、あたし、ん、くぅっ！」

彼女は嬌声をあげていく。

突き上げに合わせて揺れるおっぱいを見ながら、俺はその処女まんこをさらにかき回した。

「んあぁっ！　あっ、んんっ、イクッ！　ん、はぁっ♥」

クプルムが喘ぎながら、俺の上で快感に身もだえる。

そんな彼女を追い詰めるように、俺はピストンを行った。

もう限界が近いのだろう。

快感に乱れ、喘ぎも大きくなっていく。

「あぅ、んはぁ、あっ、頭の中、真っ白になるっ……！　気持ちよすぎて、んぁ♥　あっ、ん、はあ、ああっ！」

そのまま腰を突き上げて、ぐちゅぐちゅとおまんこを往復した。

「んぁ、イクッ！　ん、はぁっ、だめぇっ♥　ん、あっあっ♥　イクッ、イクイクッ、ん、あぁぁあぁぁっ♥」

身体を震わせながら、クプルムが絶頂を迎えた。

「あっ、ん、はぁっ、ああっ……♥」

「イったみたいだな」

俺が言うと、彼女は首を横に振った。

「い、イってないしっ！　あんたの雑魚ちんぽなんかで、ひぅっ♥　いか、ん、イかされてなんか、んぉ♥　だめ、ああっ！」

「そうか、ならもっとしないとな」

俺はさらに腰を突き上げて、クプルムの絶頂おまんこをかき回していく。

「んはぁっ、あっ、今は、だめぇっ♥　イってる、イってるからぁっ、そんなにされたら、あっ、またイクッ！」

「しっかりと負けを認めてもらわないとな！」

そう言いはするものの、実際のところ、俺自身がもう止まれない。

吸い付きうねる膣内の気持ちよさに任せて、腰を突き上げていく。

「んはぁっ、あっ、負けてるっ♥　んぁ、おちんぽに負けたからぁっ♥　んぁ、これ以上されたら、おかしくなりゅっ、んぁっ♥」

「うぉぉ……！」

負け媚びまんこがきゅっと肉棒を締めつけてくる。

駆け上がってくる精液を感じながら、俺は勢いよく腰を突き上げた。

どびゅっ！　びゅくっ、びゅるるるるるっ！

そして彼女の膣奥で思いっきり射精する。

「んあぁぁぁぁぁっ♥」

中出し精液を受けて、クプルムがさらにイった。

膣襞が肉棒を締め上げて、精液を搾りとっていく。

「んぁっ♥　あ、しゅご、ん、はぁっ♥　あたしの膣内《なか》、熱いの、勢いよく出されて、んぁ♥　あっあっ、イクゥッ！」

連続イキしたクプルムの中に、俺も精液を追加で注ぎ込んでいく。

「あぁ……♥　ん、はぁ……♥」

快感が大きすぎたのか、クプルムはそのまま脱力して倒れ込んできた。

俺はそんな彼女を抱きとめながら、腰を動かして肉棒を引き抜いた。

「あぅ……♥」

クプルムは快楽の余韻に浸り、蕩けてしまっている。

どうやらわからせることには成功したらしい。

プラタだけでなく、クプルムも感じやすくてえっちな女の子だったようだ。

俺はそんな彼女を隣に寝かせたのだった。

第三章　フリソスとも快楽勝負!?

クプルムとの快楽勝負を無事に乗り越えたものの、フリソスとは顔を合せる機会こそ増えたが、なかなか進展とまではいかずに、日々が過ぎていった。

以前に比べれば彼女の態度もやわらいでいるのだが、かといってそう易々と彼女が意見を曲げることもないのだった。

まあ、実際に成績などは彼女のほうがずっと上だし、前世の知識を明かせない以上、十分な力を持っているフリソスが破滅するというのも予想しにくいことではあるだろう。

そんな中で主人公のルビーはというと、原作どおりの奔放さで目立ち、攻略対象との仲を深めていく反面、学生内では意見が分かれる存在になっていた。

原作ゲームでは基本的に、イケメンたちはじめとして、主人公に肯定的な面ばかりが描かれる。

それに対して、今の俺は兄よりも、プラタやフリソス側だ。

この状況が既定路線に近いのか、プラタやクプルムの動きが変わったことで流れが変わっているのかは、まだ判断しにくいところだった。

フリソスは原作どおりに、主人公の非常識な振る舞いを叱りつけ、その厳しさを見せつけている。

この厳しさのままなら、フリソスは学園から排除されてしまうだろう。

しかし学園内でも意見は割れており、ゲームとはかなり状況が違う。

この調子でいけば、フリソスも破滅自体はしないのではないだろうか、という気もする。

第一王子の兄は、貴族も平民も役割の差こそあれ平等な国民として見ており、貴族界に過度の干渉をしない。そのこともあり、主人公が現れるまでは、公爵令嬢であるフリソスの力が学園内では強大だった。

しかし、主人公の登場によってその第一王子がころっと宗旨替えしてしまう。

そうなれば厳しい彼女よりも、王子とルビーについたほうが楽だということもあって、悪役令嬢側は勢力を失っていく。そしてついに姉妹の行動が度を過ぎてしまい、破滅を迎えるのだ。

俺としての最重要事項はプラタを救うことだった。

そのための手はずはすでに整えていたのだが、クプルムとも関係を持ったことで、彼女も破滅から救うことにした。

そうなってくるともう、とことんやってやろうという気になってくる。

貴族内で俺の派閥を広げ、原作でフリソスたちを追放した者たちのうち、ルビーへの好意ではなく、権力のために動いた貴族たちを潰していく。

ファンタジー世界においては、現代よりも家の影響が大きい。

学園内の勢力争いであっても、実家ごと巻き込まれることはある。

原作においてはあまり書かれることはなかったが、この出来事に乗じて、貴族界の勢力を塗り替えようとした輩がけっこういたのだ。

そうして、俺自身が原作シュタールの枠を越えた動きをするため、物語に与える影響が大きくなってしまうが、そもそも三姉妹の運命を変えているのだから、もう気にするところではないな。

地味なモブ王子として無難に生きていくという、当初の目標は完全になくなった。

プラタを、そして今はクプルムも守ると立場を決めたのだから、とるべき手段も変わってくる。

そうなると俺に、プラタほどの原作知識がないのが悔やまれる……。

それでもやるしかない。

権力を使って自身の派閥を強化していき、敵対することになるだろう相手を先回りで潰していくというのは、もう乙女ゲームの世界観じゃないな。

もとより、乙女ゲーム世界なのは主人公たちにとってであって、攻略対象でもないモブの俺にとっては、最初からそういう世界でもなかったわけだが。

動き始めれば、展開は存外に早かった。

そして、状況も味方した。

これまでの俺は地味王子として、優秀な兄へのコンプレックスもあって、ただ淡々と日々をやり過ごしていた。周りから見れば、覇気のない王子だった。

それが急にすごい勢いで動き出したとなれば、不審がられる部分も出てくるだろうが……その直前に俺はプラタと接近している。

彼女との噂はすでに学園にも、その向こうにいる親たちにも出回っており、俺が動き出したのは結婚を意識してであり、王子から公爵へと変わるための準備だとさえ見なされている。

急に貴族界に食い込み始めても、将来の相手を見つけて子供から大人になる変化なのだと、微笑ましい視線を向けられることになった。

そしてさらにいいことに、主人公の登場によって第一王子カスティロスもまた変化していた。

それまでの、能力が超越しているが故にすべてに興味のなかった状況から、ルビーを通して成長したのだ。彼女を守るために、積極的に政治や貴族界に興味を示しはじめた。

良きにつれ悪きにつれ、あの無感情だった第一王子カスティロスですら大きく変わるのだから、第三王子だって変わるだろうという空気ができている。

表向きはその雰囲気に乗って貴族界に踏み込みつつ、裏では敵対勢力を削いでいく。

無論、すべてが上手くいくわけではなかったが、王子という立場とゲーム知識を活かすことで、かなり有利に立ち回れている。

第一王子と第二王子が優秀過ぎて、王位という点では望めない男。しかしそのお陰で、王位を狙っているなどとは微塵も疑われなかった。

第二王子ブロンゼの周りには、彼を担ぎ上げて第一王子派を転覆させようとか、パワーバランスを変えることを狙う貴族が集まるらしいが、俺のほうはそうではない。

第一王子の元で、将来それなりに力を持つだろう俺に、妥当な範囲で近づきたいという貴族たちが集まってくる。

あくまで一番は第一王子であり、俺とは同じ派閥として交流を深めるだけ。しかしそれはこちらの目的とも合致しているし、俺には十分だった。

そうして俺も徐々に力をつけていき、いつか来るかもしれない破滅に備えていくのだった。

●

半ば指定席となったカフェの席でプラタと話していると、クプルムが合流してくる。

彼女は快楽勝負でわからせたことによって、その興味を本来向けていた主人公ではなく、俺のほうへと向けていたのだった。つまりプラタの作戦は成功したのだ……本当にな。

元々は、自分よりもちやほやされていたルビーに癇癪を起こしていたクプルムだが、直接性的に負かされたことで、俺のほうが優先度が高くなったのだろう。

反面、生まれて初めて負けたことで、「絶対的に自分が強く正しい」というスタンスも崩れたようだ。色々と変化が出はじめている。

といっても、性格の根っこの部分が一瞬で変わるわけではない。態度や振る舞いにおいては、まだまだ生意気なメスガキ感がでている。

しかし俺としては、もはやそういった振る舞いも可愛らしいものだった。

「にやにやして、気持ち悪い顔になってるわよ」

そんな風に毒づくクプルムだが、言葉とは裏腹に棘はなく、構ってほしさがにじみ出ていた。

こういうわかりやすさも、触れ合ってみると可愛いものだ。

表面的な言動は変わっていないのかもしれないが、その向こうにあるものが違うことによって、プラタもそんな彼女をとがめず、にこやかに聞いているのだった。

「ふたりして気味悪い笑みを浮かべないでくれる？　あたしはまだ、あんたたちに完全に負けた訳じゃないんだから」

そう言い放つ彼女を眺めながら、俺は言った。

「この前はずいぶんとしおらしく……いや、かなり可愛らしく、俺に負けを認めていたみたいだけどな……」

快楽に乱れていたクプルムの姿は、記憶に新しい。

素直で可愛らしい姿は、俺を滾らせたものだ。

「あ、あれは……」

クプルムも思い出したのか、顔を赤くしながら言った。

「次はあたしが勝つしっ！」

「なるほど」

俺はもっともらしくうなずいた。

前回の件でクプルムはこちらに興味を移しており、主人公にもちょっかいをかけていない。

俺たちの目的は達成できているといえるが、クプルムが挑んでくるというなら、喜んで勝負を受けようじゃないか。

こうなると俺としては単にクプルムを抱けるわけで、損がまったくないしな。

「それじゃ、またやってみるか」

名目としては、もっとしっかりとわからせる、ということで。

もしかしたらクプルムも、勝負という建前で気持ちよくなりたいって部分が大きいのかもしれないしな。

その証拠に、彼女がちらちらとこちらを見る目は、どこか期待に満ちているように感じられる。

「それに、シュタールはともかく、プラタ姉様だって、実はよわよわなんじゃないの？」

クプルムは矛先をプラタに変えて煽った。

プラタは一瞬驚いたような顔になってから、声をひそめて言った。

「私にまで気持ちよくしてほしいなんて、クプルムはえっちですね」

「は、はぁっ!?」

クプルムは大きな声を出しながら否定した。

「そんなこと言ってないしっ！　プラタ姉様なんて、すぐにあんあん言わせてやるんだから」

「ちょ、ちょっと、声が大きいからっ……！」

クプルムの声に、周囲の学生が目を向ける。

プラタは本当に恥ずかしそうにしながら、クプルムを抑えた。

俺と話すときは暴走しがちだったり、えっちな面を見せたりするプラタだが、割と内弁慶というか、今でも他の人がいるときは大人しいタイプなのだった。

一緒にいる俺自身は忘れそうになるが、他の生徒に声をかけられたときの彼女は、まだまだ戸惑いを見せることが多い。

今も注目を浴びて、しかも内容が内容のため、顔を赤くしてうつむいている。

「ふふっ、プラタお姉様ってば、そんなに怖じ気付いちゃって」

クプルムは勝ち誇ったようにしていた。

胸を張っているから、大きなおっぱいが強調されている。

彼女は周囲を気にしないタイプのため、向けられる視線はへっちゃらだ。

「むぅっ……と、とにかく、そういうことなら、部屋に移動しましょう。ね？」

プラタは助けを求めるように、俺に視線を向けてきた。

頼る様子は可愛らしく、俺は素直に応えることにしたのだった。


三人で俺の部屋に戻り、ドアを閉めると、プラタが強気を取り戻した。

「もう、クプルムってば！　外であんあんとか言ったら、恥ずかしいでしょっ！」

叱る様子を見せるプラタだが、先程の様子が弱そうだったのもあり、クプルムは見くびった態度を崩さない。

「はぁ？　プラタ姉様には一回も負けてないし、姉様だってシュタールにあんあん言わされてるんでしょ？」

「それは……言わされてるけどっ！」

事実なのであっさりと認めるプラタ。

しかし彼女は、マウントを取り戻すかのように、いやらしい笑みを浮かべた。

「でも私だってシュタールさんのことを、あんあん言わせていっぱい搾りとってるんだからっ。一方的にされただけのクプルムとは違うの」

あんあんは、言った覚えがないがな。

「どうだか。そもそも自分が負けたからこそ、あたしにも勝てるだろうって勝負させたんでしょ？」

「ぐっ……」

図星をつかれて一瞬言葉に詰まるプラタだが、彼女はなんとか切り返した。

「じゃあ見せてあげる。シュタールさん」

そう言ったプラタが俺の元へ来ると、ズボンへと手をかけた。

「あっ、プラタ姉様ずるいっ！　じゃなくて、あたしが勝負するんじゃないの？」

クプルムもこちらへと身を寄せてくる。

俺としては、どんな展開でもおいしいが、さて。

クプルムをはっきりわからせるというなら、ふたりで彼女を責めるのもいいかもしれない。

あるいは、ふたりで俺にご奉仕させるという形式もいいだろう。

もしくは、俺は見させてもらうことにして、姉妹で快楽勝負をしてもらうのもエロくていい。

ふたり次第といったところだが、最初から俺とプラタで責めるとなると、クプルムは考えを変えないだろう。あくまで俺に対してだけ、負けを認めるってことになる。

だったら、一度盛り上がってからのほうがいいか。

一番わかりやすいのは……。

「まあそれなら、ふたりで勝負してみてもいいかもしれないな」

「はぁ？　プラタ姉様と？」

クプルムはよくわからない、といった目を俺に向けた。

「あたしはシュタールと……んんっ……姉様とあたしじゃ繋がらないじゃない。これがないし」

「おぅっ……」

クプルムは俺の股間へと手を伸ばし、肉竿を握ってきた。

小さな手がむにゅむにゅと股間を揉んでくる。

その刺激で、みるみる血が集まってきた。

「あっ♥　なんか大きくなってきてる♪　ほら、シュタールのこれ……あたしで気持ちよくなりたがってるじゃない♪　今日はあたしがあんあん言わせて絞ってあげる♪」

まあ俺としては、それももちろん大歓迎なのだが……。

プラタが舐められっぱなしというのも、よくない状況だしな。

俺の意図を察したプラタは、クプルムを挑発するような笑みを浮かべた。

「ふうん、クプルムは私にあんあん言わされるのが怖いんだ？」

「はぁ!?」

そしてわかりやすいくらい、それに乗るクプルム。

素直なのは可愛くもあるが、煽り耐性ゼロなのは直したほうがいいかもな……。

「プラタ姉様になんか負けないし」

「それじゃ、やってみましょう」

「いいわよ。どうなっても知らないんだからっ！」

プラタは俺のほうへと振り向くと、上手くいった、とウインクをした。

普段大人しいタイプのプラタがそうするのは、新鮮だしとても可愛いな……。

「シュタールさんは、負けたほうのおまんこを好きに使って、気持ちよくなってくださいね♪」

そう言って、彼女たちは向かい合う。

俺はその様子を、側で眺めることにした。

美女姉妹の絡みを見られるなんて、役得だな。

まずはプラタが、クプルムの服へと手をかけた。

負けじと、クプルムもプラタの服へと手をかける。

互いに服を脱がせていく姿は、エロいといえばエロいし、精一杯健全な目で見れば、互いを着替えさせる美しい姉妹愛ともとれる……かもしれない。いや、ただただエロいな。

そうして眺めている内に、ふたりは互いの服を脱がし合って、全裸になった。

裸のふたりを眺める。

女性らしい曲線に満ちたプラタと、小さく細いクプルム。

スタイルがよく美しいが、綺麗なものへの感動以上に、その肉体に欲情がくすぐられる。

姉妹そろっておっぱいが大きく、それが柔らかそうに揺れているというのも、劣情を煽ってきていた。

「さ、クプルム」

そう言って、プラタがクプルムの胸へと手を伸ばす。

「プラタ姉様のこと、ひぃひぃ言わせちゃうんだからっ」

クプルムも応えるように胸へと手を伸ばしていった。

「んっ……」

ふたりは、互いの胸をむにゅむにゅと揉み始める。

女の子がおっぱいを揉み合う光景は、なんだかいけないものを見ているような、背徳的なエロさがある。

「ん、幼く見えるのに、おっぱいはこんなになって……」

「プラタ姉様こそ、あっ、こんなむちむちでえっちな身体してるじゃない」

ふたりの乳房は、お互いの手でむにゅっと形を変えている。

飛びつきたくなるようなエロい様子を、俺はじっと見つめるのだった。

「んっ、はぁ……」

「あぅっ、んんっ……」

彼女たちは互いの胸を揉み、愛撫を続けていく。

美人姉妹の百合を特等席で眺めるのは絶景だ。

俺はしばらく、その光景を眺めていた。

「ああっ……ん、はぁっ……」

「ふぅ、ん、あぅっ……」

彼女たちの甘い声が響く。

互いの胸をむにゅむにゅと揉みしだき、反応を見せる乳首をいじっていた。

「あふっ、ん、プラタ姉様、ん、ああっ……」

「ふふっ、ほらクプルム、これ、気持ちいいでしょ？」

「あっ、ん、はぁっ！」

経験のたまものか、プラタに分があるようだった。

それはある程度予想通りというか、そうでないと困る部分なのだが、これでクプルムもより素直になるだろう。

姉妹百合を前についうっかり欲情してしまうが、本来の目的は、プラタがクプルムをわからせることであり、態度を改めさせることだ。

人間、そうすぐに何もかも変わっていくことはできない。

頭でわかることも困難だが、わかってもなお、すぐに切り替えられる人間はそう多くない。

建前や言い訳も必要だ。

クプルムの場合、それは負けること。

天才としてなんでもすぐにこなせていた彼女にとって、敗北は相手を認める一番の方法だ。

まあそれはそれとして、生意気メスガキが姉に喘がされているのはとてもエロい。

「んっ、プラタ姉様、あっ♥　ん、それ、んぅっ……」

乳首をいじられて、すっかり感じているクプルム。

快感に流され、手は申し訳程度にやわやわと胸を揉んでいるだけだ。

それはそれで、なんだか甘えているようにも見えて背徳的だった。

と、そんな乳繰り合いを見ていると、プラタがこちらへと声をかけてきた。

「シュタールさん、クプルムのとろとろになったおまんこで、いっぱい気持ちよくなってくださいね」

「ちょっと、あたしまだ負けてな、んぁっ♥」

敗北を認めないと言いかけたクプルムだが、すぐに喘ぎ声でかき消される。

「ここもこんなに濡らして、説得力ないよ。ほら」

プラタはクプルムの割れ目へと手を伸ばし、そこを擦り上げた。

「んぅっ、あっ、んんっ……♥」

クプルムが可愛らしい喘ぎ声をあげる、
プラタは立ち上がり、クプルムを後ろから羽交い締めにするようにしてこちらへと向けた。

「さ、シュタールさん、ぬれぬれになっているクプルムのアソコ、いっぱい気持ちよくしてあげてください」

俺は服を脱いでそんな彼女たちに向き合う。

彼女たちの乳繰り合いを見て、俺の肉棒は勃起していた。

クプルムはギンギンの勃起竿を見て、期待の目を向けてくる。

「どうやら、クプルムもそれがお望みみたいだな」

俺がそう言うと、彼女は照れ隠しをするように言った。

「べ、別にシュタールのちんぽを挿れて欲しいわけじゃないけど、ま、負けたから仕方なく受け入れるだけよっ！」

素直じゃない姿も、微笑ましい。

それでいておまんこを濡らしているというエロさ。

俺はそんな彼女へと近づき、その片足を持ち上げる。

「あぅっ……」

脚を上げたことで、割れ目も自然と小さく口を開ける。

愛液をあふれさせる内側が、物欲しそうにヒクついていた。

俺は腰を近づけ、その割れ目に肉竿をあてがう。

そしてそのまま、挿入していった。

「んぁっ、はぁ、ああっ……♥」

ぬぷり、と濡れた蜜壺が肉棒を受け入れる。

十分な愛液によってスムーズに導かれるが、膣襞がきゅっと肉竿を締めつけた。

「あぁ、ん、はぁっ……」

立ったまま、それもプラタに見られながら繋がるというのは、なんだか不思議な感じがした。しかしそんなぼんやりとした思いは、締めつけてくるおまんこの気持ちよさで塗りつぶされていく。

「んんっ、シュタール、あっ♥」

彼女は声を漏らし、俺を見つめた。

その目に応えるように、俺は腰を動かし始める。

「んぁっ、はぁ、ああっ……！」

ゆっくりと膣内を往復していく。

襞がこすれ、愛液があふれてくる。

「あふっ、ん、はぁ、おまんこの中、ん、おちんぽが動いて、んぅっ♥」

羽交い締めにされているクプルムを犯しているようで、背徳的な興奮がある。

その興奮のまま、俺は腰を動かしていった。

「ああっ♥　ん、こんな、あっ、すぐイっちゃいそうっ、んぅっ……」

「あらあら、もうすっかり快感に負けちゃってますね♪」

プラタが楽しそうに言うと、クプルムのおまんこがきゅっと反応した。

「あふっ、ん、おまんこ気持ちいいっ、シュタールのおちんぽが、あっ♥　ん、はぁっ……！」

嬌声をあげるクプルムの後ろで、プラタがいたずらっぽい笑みを浮かべた。

彼女は羽交い締めにしていた腕から、その手をさらに内側へと動かしていく。

そしてその手が、クプルムの無防備な双丘へと向かった。

「おっぱいだけじゃなくて、こっちも気持ちいいでしょ？」

プラタはクプルムの胸を揉み始めた。

先程同様、女の子の手で揉まれ、かたちをかえるおっぱい
「こうすると気持ちいいでしょ？　ハリのある上向きおっぱいがむにゅーって」

「あっ♥　ちょっと、ん、それだめぇっ！」

プラタが後ろから、クプルムの胸を揉んでいく。

姉に胸を揉まれて感じている姿を眺めているだけでも楽しい。

俺は思わず、その光景に見とれた。

「ほらほら、つんと尖った乳首も、きゅー♪」

「んあぁぁっ♥　あっ、だめ、おっぱいもおまんこも、同時になんて、あたし、ん、くぅっ♥」

クプルムが嬌声をあげて感じていく。

「あっ、ああっ……♥」

「ふふっ、素直なクプルムは可愛いね。ほら、もっと気持ちよくしてあげる。むにゅむにゅっ、むぎゅー♪」

「あふぅっ！　あっ、んぁ♥」

プラタの乳揉み愛撫でクプルムが感じ、蜜壺も反応を示す。

その気持ちよさと、ふたりのいちゃつきを見ているのもいいものだが、こちらもしっかりしないとな。

俺は彼女の足を抱えたまま、腰を動かしていく。

「おまんことおっぱい、ふたりがかりで責められるの、気持ちいい？」

プラタがいじわるに尋ねると、クプルムの膣内がまたきゅっと反応する。

「あぅっ、ん、はぁっ……♥」

「ねぇねぇ、どう？」

耳元で言葉責めを行うプラタ。

そのたびに反応している膣内を、俺は往復していった。

「ん、はぁっ、あぁっ……あっ♥」

彼女は気持ちよさそうに声をあげて感じていく。

「ふふっ、クプルムってば、すっごく蕩けちゃってる♪」

プラタはその様子を楽しそうに見ていた。

俺はさらにピストンを行い、膣内を擦り上げていく。

「んんっ、あっ、んはぁっ♥　もう、だめっ、あっあっあっ♥　イクッ！　ん、はぁっ、あっ、ん、んはぁっ！」

クプルムの限界が近いようで、嬌声が大きくなっていく。

「んはぁっ！　あっ、ん、はぁっ♥　おっぱいとおまんこ、んぁっ♥　どっちも気持ちよくされて、イクッ！　ん、ああっ……♥」

俺はそのまま腰を動かし、蜜壺をかき回す。

「ああっ、ん、はぁっ、イクッ、ん、あっあっ♥　イかされちゃうっ♥　んぁ、あっ、イクッ、んくぅぅぅぅっ♥」

クプルムが絶頂し、身体を揺らした。

「あっ♥　すごい♪」

「んぁ、あっ、あぁぁぁぁぁっ♥」

プラタはその様子を楽しそうに眺め、クプルムは快感に声をあげる。

絶頂おまんこが肉棒を締めつけ、精液をねだっているかのようだった。

そのおねだりに応えるべく、おまんこを往復していく。

「んぁっ♥　あっ、だめぇっ、んぅっ♥　イってるのに、おまんこそんなに、んぁ、あぁっ！」

それを見たプラタも、また胸への愛撫を始めた。

「んくぅっ♥　ひぅ、敏感なときに、そんな責められたら、あっ、またイクッ！　イキすぎちゃうっ♥」

クプルムが快楽に乱れ、嬌声をあげていく。

膣内は喜ぶように肉棒へ吸い付き、射精を促してきた。

「いくぞ」

「あっあっあっ♥　きてっ、あたしの中に、いっぱい、んはぁっ、あっあっ！」

「出るっ、うぅっ！」

俺は腰を突き出しながら射精した。

「イクゥウウウウッ♥」

中出しを受けた彼女が再び絶頂し、ガクガクと身体を揺らした。

蠢く膣襞が肉棒から精液を搾っていく。

「んぁ♥　あっ、しゅご……ん、はぁっ……」

大きな快感で脱力するクプルムだが、プラタが支えており、そのまま精液を受け入れていく。

「あぅ……♥　もう、むり、んぁ……♥」

そのままぐったりと力を抜いていくクプルム。

俺は肉棒を引き抜くと、彼女を抱えてベッドへと寝かせた。

「ふふっ、しっかりわからせることができましたね♪　とっても可愛かったです」

プラタはそう言って、快楽に緩んだクプルムの顔を眺めた。

「ね、シュタールさん♥」

そしてうっとりと俺を見つめる。

その目は興奮に潤んでおり、俺の欲望を刺激した。

「私も、もう我慢できません……」

そう言って、彼女の手が俺の肉竿を握った。

まだ大きなままのそれを、軽くしごいてくる。

愛液まみれの肉棒を擦られ、くちゅくちゅと卑猥な音が響いた。

プラタは俺に抱きつくようにして、肉竿を自分の脚で挟む。

「んっ……♥」

肉竿にこすれた割れ目は愛液をあふれさせており、すぐにでも挿れてほしいと言っているかのようだった。

まだまだ夜は続きそうだ。

俺はプラタと二回戦に挑むのだった。

●

学園の授業は不思議だ。

無論、貴族界に関する話などは、かなり参考になる。しかし、学問というにはいささか俗すぎるような内容も多かった。文学や楽器のような貴族らしい教養まで取り扱われているのだが、節操がないというか、ひとまず詰め込んでみました感が強い。

原作での育成システムのために授業内容が豊富だったのが、このちぐはぐなカリキュラムを作り上げている原因だろう。

ゲームとしては面白かったが、この雑多さは現実的ではないな。

休み時間が妙に長いのは、一応は貴族らしい余裕ということになっているが、それも原作ゲームのせいなのかもしれないな。

そんな長い休み時間で、俺は教室移動中のフリソスに声をかけた。

「やあフリソス、ご機嫌いかが？」

「シュタール、本当に飽きませんわね」

彼女は少し呆れた様子を見せながら、俺に答えた。

プラタと一緒でないときも、こうして何くれとなく彼女の元を訪れて声をかけているのだが、彼女の反応は相変わらずである。

「プラタと仲がいいのに、他の女性にやたらと声をかけるのはあまり感心しませんわよ」

「フリソスは一夫一妻が信条？」

俺が軽く尋ねると、彼女はこれ見よがしにため息をついて見せた。

あきれの表現ではあるものの、少しは心を許してきてくれている、という反応でもある気がする。

高飛車で厳しいお嬢様という定番の振る舞いではないだけで、なんだかんだ距離が近くなってきた気がした。

「せめて『義姉になる人と仲良くしようとしている』くらいのことを言ってほしいですわね」

彼女はそう言うと、俺の反応を確かめるようにした。

それはプラタとの付き合いへの、真剣さの確認なのだろうか。

「あいにく、俺はどうせ家を出ることになる。家同士の繋がりってことについては、将来も、その辺の貴族より希薄だと思うよ」

「王族の言葉とは思えませんわ」

そう否定するものの、実のところは彼女だって、城を出る俺が大きく生活を変えることになるという点については、もちろん把握しているだろう。

そこに幾ばくかの同情を抱いてくれているというのも、接する内にわかってきたことだった。

現代人であった俺にとっては、いつかは家を離れることにさほど抵抗はない。

しかしこの世界の貴族として生きるフリソスにとっては、大きなことなのだろう。

「そのための学園でもあるさ。王族であっても、生まれた家だけが世界のすべてじゃない」

しかし社交界においては、常に「○○家の者」という見られ方をする。

フリソスはずっとブラーティーン公爵家の娘として扱われている訳で、それが自身の中心におかれるのが当然とも言えるな。

俺の場合は、前世で成人していたし、ひとり暮らしもしていたわけで、心理的に大きく異なっている。

「シュタールは強いんですのね」

少し遠くを見ながらフリソスが言った。

こうして話していくうちに、彼女にとってのブラーティーン公爵家というのが、とても大きい存在だというのがわかってきた。

それはプラタやクプルムとは、だいぶ違う重さを持っているようだ。

彼女が長女だというのもあるだろう。

俺が接する機会はないからなんとも言えないが、公爵家の人は、子育てに関して極端なのかもしれない。

プラタはともかくとして、フリソスとクプルムはかなり教育方針が異なるように思える。

「そろそろ行きますわ。シュタールも、授業に遅れないようにね」

「ああ、それじゃあまた」

フリソスは廊下を歩き、去って行く。

当初よりはいい状態だと思うが、さて……。

クプルムにとって、自分を負かす相手がそうであったように、ルビー以上に彼女の興味を引ければいいのだが……。

フリソスの場合のそれが何であるか、まだつかみきれていない。

おそらくは、より完璧な貴族らしさとか、その地位相応の優秀さを見せることだろうというのは思い浮かんでいるが、俺には現実的とは言えないしな……。

●

基本的に、学生は寮を含む敷地内で過ごすのだが、もちろん幽閉されているわけではなく、近隣の街などへの外出は自由だ。

外泊となると届け出が必要になるが、それも管理上の問題であって、申請書を提出しさえすれば許可が下りないことはまずない。

ここ最近の俺は、裏で動くために学園から外に出ることもが多くなっていた。

今日もある貴族と会食を行い、夜になってから学園への道を戻っていた。

馬車は人通りのない道を走っていく。

学園の周辺は治安がかなり良いほうであり、そのため、学生も気軽に出歩ける。

だがもちろん、絶対に安全というわけにはいかない。

それでもこの世界のなかではとくに、治安の問題がない地域だった。

それに俺を始めとした貴族……特に学園に通うような人間は、多かれ少なかれ魔法が使える。

そんな相手を襲うのはリスクが大きい。

持ち物は高価だが、学生は大量の現金を持ち歩いている訳ではない。

貴族だからと襲っても、リスクほどの価値はないだろう。

馬車一台を襲って手に入る金額でいえば、商人のほうが大きいだろう。

身代金などを取れれば別だろうが、貴族を誘拐して金を奪い、そのまま逃げ切るというのはあまり聞かないな。

だから貴族を襲う場合は、金品よりも、むしろその人間が狙いである可能性が高いんだよな……。

周囲を野盗に囲まれ、止められた馬車の中で俺はそう思った。

襲ってくるからには、当然、相手もそれなりに自信があるということだろう。

馬車の中から顔を出すと、こちらを囲んでいるのは五人だった。

そのうち四人は、剣や斧などを構えている。

となると、残るひとりはきっと魔法が使えるのだろう。

「やあ貴族様、運がなかったな」

顔を出した俺に、剣を構えた男がにやにやと声をかけてくる。

「運がなかった訳じゃないだろ」

元から、俺を待ち構えていたのだろうからな。そう言うと、男は鼻で笑った。

「わかってるなら話が早いな。身ぐるみ置いていっても、逃がしはしないぞ」

「俺が魔法を使えるってわかった上で、そんな装備で挑むなんて、無謀だぞ」

「はっ！　お得意の魔法でなら、俺たち五人を同時に相手できるのか？」

この世界の魔法は、冒険者が活躍するようなファンタジー世界に比べればかなり単純だ。

モンスターが跋扈するわけでも、魔法使い同士での戦争があるわけでもないから、魔法を兵器として研究する空気もない。

だから強力な範囲攻撃魔法なんて使う機会もなければ、学ぶ機会もない。大昔はともかく、この時代はそうだった。

無論魔法は学ぶし、素人が武器を持つよりは強いものの、威力よりは見栄えのほうが重視されるようになって久しい。

だが、俺は元現代人だ。

強力な攻撃魔法に関して、ちょっと憧れがある。多くの人よりも、詳しいとも言える。

俺は御者に、何があっても動いたり飛び出したりしないように告げる。

彼は緊張した面持ちで頷いた。

そんな彼に、「大丈夫だ」と、余裕のある声をかける。

そうしているうちに、雨が降り始めた。

「ほう……ちょうどいいな。雨がふってりゃ、いろんな痕跡も消えちまう」

男はにやりと笑みを浮かべた。

俺の属性が水と光だと知らないのか？　それとも知った上で、そういう魔法には想像が及ばないのだろうか。

雨は今、俺たちの周りにだけ降っている。しかし、日も落ちて薄暗い中では、そのことに気づきにくいだろう。

「一応言っておくか。ここで引けば、見逃してやる。依頼した相手によろしく言っておいてくれ」

俺の言葉に、男たちはまた笑った。

「あいにく、こっちは見逃すつもりなんざなくてね。覚悟しな」

そう言って男たちはこちらへと動き始める。

これまで安全な場所で生きてきたため、自分から人を攻撃するということには、一定の抵抗感があった。しかし実際に襲われれば、その平和ボケっぷりも引っ込むというか、こちらも躊躇なく攻撃ができる。

水魔法はその名の通り、水を生み出し、操り、攻撃する魔法だ。

火のような攻撃力はないが、その分コントロールに長けていたり、環境に左右されにくいのが利点だ。

それこそ雨の中なら、火よりも扱いやすい。

戦闘に特化していないこの世界では、攻撃魔法も単純なものが多くあまり重要視されていないが、コントロールしやすいというのはかなり有利な特性だ。

水属性での攻撃は、水の様々な状態を活用できる。

火の場合はすべて火力次第になるし、細かな状態変化はできない。

……例えば今のように、降らせている雨の一部を攻撃として使い、自分や馬車にかかる部分はただの雨のままにするということが可能なのだ。

「ぐっ、なんだこれっ！」

「急に雨が、うぁっ！」

俺に襲いかかってきた野盗たちが、水魔法を受けてうめき声をあげる。

さらに水溜まりからは水の触手が現れ、彼らを捉え、無力化していく。

雨水がまとわりつき、彼らの周りだけが擬似的な水中になった。

水中では思うように武器を振るうこともできないだろう。

「ごぶっ、ん、ごぼぼっ……！」

単純な攻撃ではない魔法が予想外だったのか、、彼らは混乱しながらもがいている。

「ぐっ、ごぼっ、ごぼぼぼっ！」

抵抗できないまま、彼らは意識を手放していった。

俺はそんな彼らを捕らえ、情報を吐かせることにした。

まずはすぐに、外泊許可をとってこないとな……とこんなときでも思ってしまうのは、やはり平和ボケというか、ある意味学生らしいのだろうか。

まだ依頼者はわかっていないが、こうして人を使って襲撃してきてくれたのは、むしろ助かるところだ。

大方、ここ最近動いている俺が厄介になってのことだろうが、王子相手に愚策すぎる。

これで大義名分が得られ、より派手に動いていける。

俺は彼らから、雇い主を聞き出すことにするのだった。

そこをきっかけに、焦った敵の勢力をさらに削いでいくつもりだ。

●

俺の部屋で今夜も、プラタと作戦会議を行う。

「原作よりはいい状況ではあるみたいですが……」

「ああ」

もちろん、フリソスの件だ。

最初の大きなイベントをはじめ、それからもいくつか、俺たちが先回りすることでフラグ回避に成功していた。

しかしもちろん、原作では語られなかったような小さなものを含めて、フリソスと主人公の衝突のすべてを回避できているわけではない。

そのためフリソスは、主人公に心酔するイケメンたちからは煙たがられてしまっている。

元々フリソスの方針に反対だった怠惰組も、それで勢いづいているらしい。

「ただ、お姉様の反応も、前とは変わっていますよね」

「最初に比べれば、かなり柔らかな印象にはなったな」

呆れられている部分もあるだろうが、その反応もどこかまんざらでもなさそうだ。

「ただの妹の交際相手だという感じも、割とあるぞ」

「ああ、確かに、それはけっこうありますね……」

原作では、プラタは表向きは大人しい。悪く言えば暗めの令嬢であり、主人公に対しても味方のふりをしているキャラだ。

そのため男の影もなく、実は黒幕だとわかる場面で何人かの令嬢を従えている以外は、主人公以外の生徒と接点があるようには見えていなかった。

それは今の転生プラタも同じで、覚醒前も後も、俺以外に対してはなかなか強く出られないタイプなのは変わりなかった。

クプルムにしても唯我独尊といった感じで、男の影はない。

そのため、原作範囲でもそれ以外でも、フリソスが妹の彼氏や友達にどういった対応をするのかという情報がなく、今の彼女が原作とズレているのかどうかは、やや曖昧だ。

「そうだ。プラタの知識では、公爵家の人や、そこでのフリソスってどうだった？」

「家でのお姉様、ですか？」

彼女は思い出すように指を頬に当てた。

プラタは俺と違い、現代とこちらの両方を記憶がはっきりしている訳ではない。

どちらかというと現代人であり、覚醒前の原作プラタの記憶については、他人事のような記憶が情報として流れ込んでいる状態らしい。

そのため思い出す作業も、他の知識を引っ張り出すような感じ、ということだった。

「そうですね……小さい頃から公爵家の娘としてしっかりと育てられていて、お姉様もそれに応える……今と近い感じですね」

「プラタやクプルムとは、ずいぶん違う感じだけれど……」

「はい、違います」

彼女はうなずいて続けた。

「お姉様が幼少時からしっかりしていて、性格も強気だったこともあって、令嬢としての教育を積極的に受けました。クプルムはむしろお姉様以上の天才肌ですし、束縛されずに育っています」

「なるほど……」

実際に会っても、過去の話を聞いても、フリソスの印象は揺るがないな。

恵まれた立ち位置にふさわしいよう、努力してさらに自身を高めている。

人並み以上の努力をしたからこそ、人並み以上の結果を出せているのだろう。

もちろん才能が欠けていれば、頑張ってもそこまではいけない。

そこも恵まれていたのだろうが、努力しているからこその結果だというのが、自信になっているだろう。

ブラーティーン公爵家の娘としてふさわしくあるよう、幼い頃から頑張ってきたんだ。

けれど、クプルムは違う。

彼女は才能だけなら三姉妹でもトップ。それどころか学年が違うとはいえ、双子王子以上の成績をおさめており、しかもそれはフリソスのように努力してというものではない。

クプルムは生まれながらの天才肌で、努力せずともできるタイプだ。

そんな優秀な姉妹に挟まれて、原作プラタは劣等感を抱えていく。

姉妹の両親は、貴族令嬢として優れたフリソスと、天才であるクプルムに注目しており、ふたりほどずば抜けた存在でないプラタは、結果的に日陰に置かれることになった。

そういう劣等感としてはプラタに目が行きがちだが、クプルムの存在はフリソスにも影響があったのではないだろうか。

フリソスの側から見ても、自身が頑張って出す結果以上のものを、気軽に越えてくるクプルムの存在は大きい。

両親の公爵たちとしては、貴族令嬢として優れたフリソスを十分に評価していただろうが、そういった感情は自分自身の中で育つものだ。

フリソスは、クプルムに負けたくないはずだった。

そう考えると、フリソスが無意識にでも強く求めるものが少しは見えてくる……かな。

ブラーティーン公爵と会ってみるというのも、一つの手だが……。

「シュタールさんは、お兄様とはどうなのですか？」

「ああ……カスティロスとは良好な関係を維持できてはいるが……最近の彼は、ルビーにかかりっきりでもあるからな」

主人公ルビーと彼が出会う前に手を打ってあったので、その後も緩く味方状態は維持できている。そして今の俺は第一王子派として、そこそこには力を伸ばしている。弟王子だしな。

最近、俺が兄の婚約者候補だったフリソスに構うことが多いのも、妹であるプラタとの関係が先にあるため、問題なく納得はしてもらっていた。

ただそれを踏まえても、カスティロスはやはりルビーの影響を受け、考えが偏ってきている。だからフリソスについての態度は対処が難しく、万全とは言いがたい状況だ。

幸い、原作プラタのような陰湿な行動はなくなったから、姉妹が法に触れるようなことをしていないので、今のブラーティーン公爵家を脅かす者はいないだろう。フリソスが兄から多少は疎《うと》まれたところで、姉妹そろって破滅までは行かない……とは思っている。

原作では、プラタの不法行為が大きな穴を開けて、そこから公爵家が崩されていたからな。

それにつけ込んでブラーティーン公爵家を崩しに動いたはずの貴族家については、すでに裏で手を回してある。何か特殊なイベントが起こっても、たいしたことはできないはずだ。

俺の馬車への襲撃によって、調査を入れた家もあるしな。

勝ち馬に乗りたいだけの小者貴族は仲間に引き入れてしまってもいいし、そうでない野心家には大人しくしていてもらう。

「今の主人公のほうは、どうなってるかわかる？」

プラタはルビーの前では、原作どおりに行動している。やや消極的にだが、上位貴族ながら主人公に好意的な友人ポジションだ。もちろん、悪いことはすべてなしで。

暗躍なしで、主人公から見れば原作前半どおりの存在だということになる。

どうもルビーは転生者ではないようだから、過度な警戒は必要ないのだろうけれど、主人公側の情報が手に入るのは便利だ。わざわざ離れたり、放っておく理由もない。

「ややハーレムルート寄りの、カスティロス様ルートっぽいですね。普段もカスティロス様と会う機会が一番多いみたいですし、カスティロス様関連のイベントはほぼ通ってますね」

「なるほど。王道といえば王道か」

双子王子の兄ことカスティロス第一王子は、パッケージでも中央を飾っているメインの攻略対象だしな。プラタが悪いことをしないので、恋愛関係のイベントもすんなり進んでいるようだ。

そのルートのストーリーは、純朴な主人公が、優秀すぎるあまり俺様な性格で他者のことに興味を持たなかった王子様の心を開いていく……というものだ。

俺様王子とおもしれー女の王道ストーリーは、ゲームの入り口にもちょうどいいのだろう。

前半は学園モノとして攻略対象と仲を深め、後半は聖属性の本領を発揮して、悪しき者の力を封じることになる。

学園パートでは、悪役令嬢からの嫌がらせのときなどに少し片鱗を見せるのみで、そんなに魔法要素はない。

実際、後半で急にＲＰＧ要素が入るなどということもなく、あくまでイケメンとの絆の力によってルビーが強力な存在になる、という演出だしな。

学園では魔法についての授業はもちろん多いが、当然、学園内で危険な魔法を使うことはできない。かつてはともかく平和な時代の今は、貴族が魔法を使って敵を討ち、力の差を見せつける、どという機会もそうそうない。

歴史の授業では、いかに貴族が魔法で活躍したかが語られるが、実際のところはどうなのだろうな。だいぶ誇張されて、貴族に都合よくはなっているのだろう。

第一王子にも火属性の設定はあるが、攻撃魔法を使う機会についてはあやふや、というのがこの世界のストーリーだった。

それでも、貴族が上に立ち続けているのは、魔法の力が影響している。

この世界では、たとえ平民が力を合わせて立ち上がっても、魔法で人数差や戦力差を簡単に埋められるから、革命が成功しないのだろう。

それに、上下水道のようなインフラや、開墾作業などのときにも魔法が使われるので、その点も貴族が力を持つ理由ではある。そこも、原作ではさらっと触れられる程度だがな。

この世界で実際に生きてみても、その仕組みは俺にはよく分かっていない。

現代だって同じだろう。水道があって電気があって、リビングでソファに座りながらテレビを眺めても、いちいち意識してはいない。

そんなこの世界で、主人公がカスティロスルートを通っているというのは、俺たちにしてみればいい点と悪い点が半々の展開だといえる。

いい点は、カスティロスルートにおけるモブ王子シュタールは、兄である王子を助ける立場にあり、原作設定上でも関係が良好であること。

悪い点は、カスティロスルートにおけるライバルポジションはフリソスであり、第一王子の相手となるならば相応の振る舞いを、と要求するフリソスとの衝突は避けられないこと。

思えばその点においても、フリソスは少し不思議な気がする。

悪役令嬢であるフリソスは、カスティロスの婚約者候補筆頭でもある。

いわゆる悪役令嬢的な振る舞いとしては、王子の婚約者候補であることを誇りに思い、わがままを通し、ヒロインにも嫌がらせをし、それが度をこして破滅するというのが定番だが……。

カスティロスルートにおいても、フリソスは彼への執着を見せはしない。

三姉妹で悪役令嬢の要素を分け合っているから……ということなのかもしれないが、フリソスはあくまで貴族としての行動をルビーに求めるだけだ。そこもまた、ユーザーからは嫌われる一因になってしまってはいたのだがな。単なるお邪魔キャラになってしまう。

いずれにせよフリソスとカスティロスのエピソードは、あまり恋愛方向ではないという書かれ方だった。フリソスにとってのカスティロスとの関係は、あくまで家同士のこと、なのだろう。

「フリソスは、カスティロス自身には愛情はないのか？」

「確かに、お姉様からあまり名前を聞きませんね。カスティロス様は、王子としてふさわしい成績や魔力をお持ちですし、婚約が進んだとしても不満はなかったようですが」

「こだわっているのは、やはり能力なのか」

「クプルムにも、何も言いませんしね」

クプルムもまた、成績や才能に関しては申し分ない。優秀であれば、言うべきこともないということか。

「プラタは、フリソスが欲しているものって、何だと思う？」

行動すべての根底にそれがあるわけではないが、表には出なくとも影響はあるはず。

本当に欲しているのは、本人が気付いていないことも多いしな。

「お姉様が心の底で望んでいること……ですね」

プラタは考え込むが、姉妹であっても、そうそうわかるようなものでもないよな。

それは仕方ない。妹にだって、本心までは話さないだろうし。

少し考え込んでから、プラタが言った。

「やっぱり、触れ合いなのでは？」

「触れ合い？」

意外な答えだったので、つい聞き返す。

「お姉様は孤高ですから」

取り巻きは多いが、あれはフリソス自身というより、その権力に群がっている側面もあるし、もっと言えば取り巻きは対等な友人ではないしな。

「孤独な高飛車お嬢様は寂しがりで、快楽でころっといくのです」

「…………」

プラタは、かつてのようにそう言った。

俺は姉妹としての意見が欲しかったのだがな……。

その口ぶりが軽いというか、明らかに趣味が入っているので、疑わしい部分はある。

それでも……。

それは的を射ているのかもしれない。

プラタやクプルムが快楽に弱かったというのもあるが、そんな彼女たちには他にも共通点がある。

そしてそれは、フリソスも同じだろう。

努力家で優秀だが、孤高なフリソス。

転生者で、近しい境遇の人間が俺しかいないプラタ。

優れた才能故に、他者を人として見ていなかったクプルム。

理由はそれぞれだが、みんな普通よりも孤独なのだ。

もちろん、体の関係でそのすべてが埋まることなどない。

ただ、それでも心は通じ合い、触れ合う体温は現実を意思させる。

「そういうものかもな」

貴族内でもそれなりに名が知れ、力を付けてきている今、俺に対する評価も変わってきているかもしれない。

そろそろ少し強気に、フリソスと距離を縮めてみるのもいいかもしれないな。

そんなふうに考える俺を、プラタがにこにこと眺めていた。

「れっつ快楽堕ち！　ですね！」

嬉しそうに言うこの女……本当に信用して大丈夫だろうか？

●

プラタの意見に信頼が置けるかはともかくとして。

いずれにせよ、フリソスをなんとかしたほうがいいのは事実だし、他に手立てがない、ということもある。このままいくと、やはりルビーとはどこかでぶつかったしまいそうだった。

ここ最近のフリソスは、ある程度は俺に心を開いてくれている。

そんな手応えもあるし、そもそもフリソスは、俺が淡い憧れを抱いて見ていた相手でもある。

性格の厳しさはともかく、見た目は本当に綺麗だしな。

クールとは言えない俺の性格上、接すれば情が湧く。破滅を知っていて突っ込ませるというのは、寝覚めの悪いことだ。

もちろん、万人に対してという訳ではない。フリソスは特別だ。

プラタに声をかけてもらい、俺はフリソスの元へと顔を出した。

目立つ事案でもなかったためか原作にはなかったが、今日もフリソスは主人公と衝突していたらしい。

相変わらず奔放な主人公は、今でも貴族らしさとは無縁であり、いろいろと学園に混乱を招いているという。

目に浮かぶようだな。

貴重な聖属性を持っていようと、貴族家の養子になろうと、本来であればカスティロスの目にはとまらないような村娘だ。

しかし、貴族令嬢らしさとは無縁であっても、その行動の一つ一つが悪いというわけではない。庭の花にはしゃぐのも、食堂で勝手に料理を始めるのも、現代人視点で見ればそういうものかという程度だし。

貴族流に言えば、「ずいぶんと賑やかですわね」という感じだが、それでもフリソスには我慢できないのだろう。

そんなこともあって今日はあまり機嫌のよくなかったフリソスだが、それでも部屋に招き入れてくれるあたり、ずいぶんと距離は縮まっているのだろう。

俺が一緒であることを見た彼女は、一瞬「謀りましたわね？」といった目でプラタを見た。

プラタはさっと目をそらし、俺の後ろへと隠れたのだった。

それはそれで姉妹らしくもあり、微笑ましい気もした。

「それで、何の用ですの？　あなたたちは、いつまでもわたくしにつきまとっていないで、少しは今後に向けて頑張りなさいな」

そう言うフリソスの目は、主にプラタに向いている。

一応、俺のほうが成績はいいからな。

ここ最近、俺が社交界や派閥関係でも動き回っていることだって、フリソスの耳には入っているだろう。少しは評価してくれているといいが。

必ずしも褒められた理由ではないが、俺が動いているのはそれこそ、将来のためだしな。

すでに安全圏にいるプラタではなく、クプルムやフリソスのためだというのは、もちろん言えないのだけど。

「お姉様、もうルビーに干渉するのはやめたほうがいいですよ。彼女の周りには、いろんな人がいますし、心象を損ねてもいいことは何もありません」

ストレートに言うプラタに、フリソスは答えた。

「確かにそうですが、立場に応じた振る舞いは常に必要ですわ。誰かが言わなくては」

「それは、お姉様自身を不利な状況にしてまで必要なことなの？」

プラタの質問に、フリソスは俺たちをじっと見た。

「むしろあなたたちは、どうしてそんなにこの件にこだわるんですの？」

その問いかけに、俺は短く答えた。

「フリソスが心配だからさ」

そう言うと、彼女は驚いたように目を見開いた。

なんだか新鮮な反応だな。

「変わってますのね」

ここで「別に姉の点数を稼がなくてもよい」と言わないあたり、フリソスからの俺への評価も変わっているのを感じる。

「でも、そう聞いて『じゃあ態度を改めますわ』とならないことも、ご存じでしょう?」

「お姉様」

フリソスの言葉に、プラタが口を尖らせる。

「言葉で言っていても、変えられないみたいですね」

「そうですわね。言葉より態度で示していただけたほうが、伝わるかもしれませんわ」

それは一見、これ以上話し合っても無駄だという意味にもとれるが、彼女の表情はいくらか柔らかくなっており、これまで俺たちが彼女に声をかけてきたことを指しているようにも思えた。

前向き寄りの保留、といった感じだな。

「では、そうしましょうか」

しかし、プラタはここぞとばかりに攻めていった。

「お姉様、シュタールさんの愛をその身体で確かめてみて下さい」

「んっ……? それはどういう?」

フリソスは急展開にやや考えるようにしながら言った。

「シュタールさんとえっちして、その愛を確かめてください」

あらためてはっきりと言ったプラタに、フリソスは混乱する。フリソスでなくても、そうだろう。

プラタのこのノリは、現代人にしか通じないのではないだろうか?

「ええっと……シュタールは、あなたの恋人なのではなくて?」

「一夫多妻は、普通のことでしょう？　とくにシュタールさんは王子ですし」

身分が高いほど、多くの相手を囲うのは普通のことである。

そういう意味では、俺が複数の妻を持つのは、立場に沿った振る舞いとも言える。

「それはそう、ですが……なぜわたくしを……」

彼女はちらりと俺を見た。

俺はそんなフリソスをじっと見つめ返して、本気であることを示す。

「なんとか言ったらどうですの？　それでいいのですか？」

耐えきれなくなったのか、彼女がそう切り出した。

「俺としては、嬉しい話だからな」

そう言うと、彼女はまた驚いたようにこちらを見つめた。

「あなた、わたくしのことが好きだったの？」

「嫌いなら、わざわざ声をかけてまで止めようとは思わないだろ」

元々モブである俺にとって一番安全なのは、悪役令嬢たちと関わらないことだった。

最初に頼ってきた、同じ転生者であるプラタだけを助けるなら、そのままふたりで大人しくしておけばよかったのだ。

プラタにも姉妹の愛情があったから、そうはならなかったがな。

それに俺がフリソスの破滅も回避しようとしていたのは、プラタの望みということももちろんあるが、そもそもフリソスに好意があったからに他ならない。

シュタールとしての感覚としては畏怖のほうが優っていたもの、それでも彼女を、破滅がふさわしい人間だと思ったことはない。俺にとっては、尊敬できる女性だ。

「本当に、不思議ですわね」

フリソスは俺の目をのぞき込むように見つめてきた。

嘘はないのでそういう意味では困らないが、彼女の整った顔が近くにあると思うと、少し緊張はする。

「それじゃ、私は外へ出てるので」

そう言ってプラタは立ち上がり、部屋から出ていこうとした。

「お待ちなさい！」

その背中にフリソスが声をかけるも、振り返ったプラタは笑みを浮かべて言う。

「お姉様、シュタールさんにいっぱい愛されて、気持ちよくなってくださいね♪」

そのまま、プラタは部屋を出ていってしまった。

室内に、フリソスとふたりで取り残される。

「シュタールはその、本当にわたくしのことが好きなの？　プラタの姉だから、良く思われようとしているだけじゃなくて？」

「ああ、本気だ」

俺は短くうなずいた。

転生者としてプラタは特別な存在になったが、それ以前に三姉妹のなかで惹かれていたのはフリソスだ。

特に前世の記憶を取り戻してからは、接触は避けつつも、学園でも彼女を目で追うようになっていた。

完全に俺自身の好みだ。

「そう、なんですの」

彼女はそこで、顔を隠すようにやや伏せた。

いつも強気な彼女の、なんだかしおらしい態度は新鮮であり、心惹かれる。

今のフリソスは、とても女性らしい魅力に溢れていた。こんな女性を放っておくなんて、兄も見る目がないな。

俺は愛らしくなったフリソスに近づき、彼女を見つめる。

恥ずかしそうにする彼女を、優しく抱き寄せた。

「あっ……」

フリソスは小さく声を出しながらも、抵抗せずにこちらの胸に飛び込んできた。

彼女を抱きしめると、その印象より細い肩と、身体に押し当てられる柔らかな爆乳を感じる。

「なんだか、すごくドキドキしてしまいますわ」

そう言って、こちらの身体に手を回すフリソス。

少し不器用な抱擁は、彼女の異性への不慣れさを印象づけて、より俺を興奮させた。

抱きしめた彼女へと顔を近づける。

「んっ……」

こちらを向いて、そっと目を閉じた。

俺はそんなフリソスに、触れるだけのキスをする。

「ちゅ……」

そして唇を離すと、彼女はより顔を赤くしながらも、抱きしめる手に力を入れてきた。

彼女の肩、背中を撫でるようにしながら、ベッドへと連れていく。

「あぁ……」

フリソスをベッドに寝かせ、俺は覆い被さっていく。

「ね、シュタール」

彼女は少し潤んだ瞳で、俺を見上げる。

「あなたの愛とやらを、わたくしにいっぱい感じさせてくださいね」

「わかった」

その可愛らしさに、すぐにでも襲いかかりたくなってしまう。

そんな気持ちをぐっと堪えて、俺は彼女の頬へと手を這わせた。

「んっ……」

小さく声を漏らし、反応する彼女。

頬から首筋へと手をずらしていき、鎖骨を撫でる。

「あふっ、それ、くすぐったいですわ……んっ……」

そう言って小さく身をよじる姿を眺めながら、鎖骨の辺りをさらに撫でていった。

そしてその指を、上乳の辺りまで下ろしていく。

「んんっ……」

指の目指す先を察してか、彼女が少し身を固くした。

そんなフリソス自身とは裏腹に、上乳は極上の柔らかさで俺の指を沈みこませる。

「あっ……んっ……」

ふにゅふにゅと指先で爆乳を刺激する。

「ん、なんだか、身体が、んぅっ……」

それだけで、フリソスは感じ始めているようだった。

見た目も感度も、なんてえっちなおっぱいなんだろうか。

俺は彼女の服をはだけさせて、いよいよ爆乳と対面する。

「あっ……」

たぷんっ♪

服に抑えられていた爆乳が、誘うように揺れながら現れた。

俺はその爆乳へと両手を伸ばしていく。

「んんっ……♥」

柔らかな双丘に触れると、彼女が甘い声を漏らした。

手に収まりきるはずもないその爆乳を、むにゅむにゅと揉んでいく。

「あっ、わたくしの、ん、はぁっ……」

柔らかくかたちを変えていくおっぱい。

指の隙間から、乳肉がいやらしくあふれてくる。

「あっ、ん、ふぁ……」

こねるように揉んでいくと、自在にかたちを変えるその柔肉が柔らかく俺の手を押し返してくる。

「ん……シュタールの手が、わたくしの胸を、ん、はぁ……♥」

その谷間に顔を近づけるようにしながら、爆乳を揉んでいった。

そうしている内に、彼女の身体にも変化が出てくる。

「乳首、立ってきてるな」

柔らかおっぱいの中で目立つその感触。

俺は指先で、ぷっくりと立ちあがった乳首をいじった。

「んあぁっ♥」

彼女の口から、大きな声が漏れる。

俺はそんなフリソスの反応に気を良くして、さらに乳首をいじっていった。

「ああっ、ん、はぁっ……そこ、あふっ、敏感で、ああっ！」

「そうみたいだな。エロい声を出しながら感じてる」

「あうっ、わたくし、ん、はぁっ……こんなの初めてで、んっ……」

「でも、これだけ感じやすいってことは、自分でもいじってたんじゃないのか？　こうやって、指先でつまんで……」

「ああっ！　そこっ、ん、乳首、くりくりするのだめですわぁっ……♥　あっ、それ、んんっ、はぁ、あんっ♥」

乳首をいじられて感じていくフリソス。

フリソスもやはり、かなり快感に弱いようだ。

「ああっ、ん、胸が気持ちいいのに、わたくし、なんだか、んっ……♥」

彼女はもじもじとしだした。

「胸だけじゃなく、こっちにも刺激が欲しいのか？」

そう言いながら、俺は片手で乳首をいじりつつ、もう片方の手をさらに下へと動かしていく。

そしてスカートの下から手を差し込んで、下着越しに彼女の割れ目へと指を這わせた。

「んはぁっ！」

彼女はぴくんと反応する。

そこはもう十分に濡れており、物欲しそうにしていた。

「もう準備ができてるみたいだな」

敏感でえっちなフリソスのそこは、愛液をあふれさせて下着をびちょびちょにしている。

「それならもっとはっきり、愛を伝えていかないとな」

俺は乳首から指を離すと、そのまま下へと身体を動かした。

そしてスカートをまくり上げて、彼女の下着へと手をかける。

「あっ……恥ずかしい、ですわ……♥」

そう言ってきゅっと脚を閉じる彼女だが、俺はそれを開かせていった。

「ああっ……♥」

恥じらいよりも期待が優るのか、彼女の脚は思ったよりも抵抗なく開かれていく。

そして下着をずらしてしまうと、蜜をあふれさせるおまんこが物欲しげに薄く口を開けていた。

その光景に、思わずつばを飲み込む。

華やかで強気なフリソスの、ぬれぬれの処女まんこ。ずっと憧れていた状況に興奮が増す。

俺は取り出した肉竿を、その膣口へと当てがった。

「あっ、硬いのが当たって……これが、シュタールの……」

「ああ、挿れるぞ」

「んっ……♥」

俺が言うと、彼女はうなずいた。

ゆっくりと、腰を押し進める。

くちゅっ、と愛液が肉竿を濡らし、入り口が押し広げられる。

「ああっ、わたくしの中に、んっ……」

すぐに処女膜に行き当たり、抵抗を受ける。

俺はぐっと力を込めて、その膜をチンポで破いていった。

「ひぅ、ん、あぁぁぁあっ！」

めりっと膜を裂くのと同時に、膣内に肉棒が迎え入れられる。

「あぐっ、わ、わたくしの中に、ん、太いの、入ってきて、ああっ……！」

熱くうねる膣内が肉棒を咥え込む。

膣襞が肉竿に吸い付くようにして、精液を搾ろうと蠢いた。

女としてのえっちな本能は、初めての異物をすぐに受け入れて、締めつけてきている。

「はぁ……はぁ、ああっ……♥　繋がってる、ん、ふぅっ……」

「ああ。フリソスのおまんこが、俺のチンポを締めつけてきてる」

「あふっ……シュタールのおちんぽ、わたくしの中で喜んでますの？」

「もちろん……油断するとすぐにイキそうだ」

俺がそう言うと、彼女は笑みを浮かべた。

その笑顔は普段の強気な印象とは違う、どこか慈愛を感じさせるものだった。

「いいですわよ。わたくしのおまんこで、んっ、いっぱい感じて、子種を出してくださいね」

「うぉ……」

言葉と同時に、膣内がきゅっと反応する。

その気持ちよさに思わず声を漏らすと、彼女は潤んだ瞳で俺を見上げる。

「さ、どうぞ」

「ああ……」

俺は腰を動かし始める。

ずぶっ、にゅちゅっ……。

濡れた膣内が肉竿を受け入れて、スムーズに抽送が行える。

「あふっ、ん、はぁ……これ、すごいですわ……んんっ……わたくしの中に、シュタールのモノが入っていて、あっ、わたくしたち、繋がって、ん、はぁっ♥」

フリソスはどんどんと感じているようで、膣内もほぐれていく。

それでいて、締めつけは十分に強く、彼女も俺を求めてくれているようだった。

「あぁっ♥　ん、はぁっ、ふぅっ……！」

腰を振りながら、嬌声をあげるフリソスを見下ろす。

普段は、少し怖い印象さえ抱かせる美しさのフリソス。

しかし今は、快感に緩んだ可愛らしい表情を見せている。

「あぅ、シュタールのおちんぽが、あっ、わたくしの中、いっぱい、んぅっ！」

彼女の感じる姿に押され、腰振りのペースを上げていく。

熱くうねる膣内が、それに応えるように快感を送り込んできた。

「あっあっ♥　んんっ、わたくし、あっ、ふぅっ……」

ピストンに合わせて身体を揺らし、その爆乳もたゆんと弾む。

膣襞が肉棒をしごきあげて、快感を繰り込んでくる。

その気持ちよさに、ただただ浸っていった。

「ああっ、ん、はぁ、わたくし、ん、イキそうですわっ……あぁ、これ、すごく、ん、あっ♥　はぁっ……！」

彼女は嬌声を漏らしながら感じていく。

俺は抽送を続け、その膣襞を擦り上げていった。

「ああっ、シュタール、ん、はぁ、ああっ……」

「フリソス、このまま……」

「んっ、はい、きてくださいっ、んはぁ、わたくしと一緒に、あっあっ♥　ん、はぁっ！」

快楽に喘ぎ、上り詰めていくフリソス。

そんな彼女を見つめながら、俺もラストスパートをかけていく。

「んはぁっ！　あっあっあっ♥　イクッ！　ん、わたくし、こんなの初めて、あっ♥　全部、気持ちよさで真っ白に、んぅっ、はぁっ♥」

「うぉ……！」

こちらを強く求めるようなおまんこの締めつけに、俺も限界を迎える。

そのまま腰を振り、彼女の奥まで突いていった。

「んうっ♥　わたくしの中っ、あっ♥　シュタールで満たして、ん、はぁ、あっあっ♥　イクイクッ、イクウゥウウゥッ！」

どびゅっ！　びゅくくっ、びゅるるるるるっ！

フリソスが絶頂するのに合わせて、俺も射精した。

「んおぉぉぉっ♥　中ぁ、あっ♥　熱いの、んぅ、いっぱい出て、あっ♥」

絶頂中出しを受けて、フリソスはあられもない声をあげて感じていく。

そのドスケベな姿は、普段の高貴さとは違う、可愛らしいメスのものだ。

「あっ♥　ん、はぁっ……」

その膣内に精液を注ぎ込むと、俺は肉棒を引き抜いた。

「あぁ……♥　ん、ふぅっ……」

混じり合った体液がどろりとこぼれる。

「あぅっ……シュタール……」

彼女は蕩けた顔で、俺を見上げていた。

俺はそんな彼女にそっとキスをすると、そのまま隣に寝そべった。

フリソスは俺に抱きついてくる。

行為後の火照った身体と、柔らかなおっぱいを感じるのは心地よい。

「シュタール……」

俺を呼んで、そのまま甘えるように抱きつく彼女。

そんなフリソスを抱きしめながら、俺は余韻に浸るのだった。

第四章　破滅イベントの日

悪役令嬢三姉妹が破滅を迎えるパーティーの日が、だんだんと近づいてきていた。

けれど、今や周囲の雰囲気は原作とかなり変わっている。

彼女たちは俺と身体を重ねたことをきっかけに興味の対象を移し、原作のようにルビーに対してアクションを起こすこともなくなっていた。

その噂は徐々に広まっていき、今では彼女たちの評価も変わっていた。

学園でも要注意人物扱いにまでなっていたフリソスとクプルムは、俺といるようになってから落ち着いたと評判になっている。

三姉妹全員との交流は、一瞬だけ注目を集めたものの、身分的な釣り合いはとれている。それに、三姉妹も前より仲良くなっていることから、人々の興味は俺から外れていった。

やはり主人公周りの話題が、学園の噂の主流になる。

性格が丸くなればフリソスは人気が出てきそうだが、王子の相手に手を出そうというのは無謀が過ぎることもあり、そういった輩も出てきていない。

フリソスたちから絡みに行かなければ、主人公側からわざわざ近づいてくることもないため、フリソスやクプルムはルビーと接することもなくなった。

プラタはこれまで通り、緩くルビーと友人関係を続けており、攻略対象たちとの話を聞く機会もある。

こうして生徒たちの興味は、変わり者であるルビーと華やかなイケメンたちとの交流のほうに向いており、俺たちはのんびりとした日々を過ごせているのだった。

もう嫌がらせはしていないし、おそらくは破滅を迎えることはないだろう。

裏でもある程度力を付けておいたし、公爵家の破滅の気配があれば、そういった情報も流れてくるはずだ。

そちらにも動きはなく、概ね大丈夫だろうという感じはしている。

とはいえ、実際に破滅イベントが発生するパーティーまでは、一〇〇パーセント安心できるというわけではなく、不安は残る。

状況としては整えたが、原作へと修正しようという力が強く働けば、そこをねじ曲げられる可能性は消えない。

フリソスとルビーの初対面を始め、ルートを確定する大きなイベントは避けられていたので、おそらく大丈夫であろう……と思うが、どうだろうか。

中庭で四人そろってお茶を楽しんでいると、少し離れた席に主人公たちがやって来た。

やはりカスティロスルートを進んでいるようで、席に着いたのは主人公とカスティロス、そしてお付きの騎士見習いだ。騎士見習いはカスティロスルートのサブキャラである。

周囲の生徒たちも、俺同様そちらへと注意を向けていた。

俺たちはそういったモブの一員として、いまや主人公たちと関わりのない時間を過ごしている。

「シュタール」

そんな俺に、フリソスが声をかけた。

「わたくしたちといるというのに、他の女性を気にするのはどうかと思いますわよ？」

彼女は軽く咎めるようにそう言った。フリソスは、思った以上に嫉妬深いようだった。こういうとき、必ず突っ込んでくる。

それでもそのニュアンスは、かつての彼女のような厳しいものではなく、からかうような柔らかさも帯びている。

「いや、そういう意味合いじゃないけどな」

確かにルビーは可愛い女性だし、彼女や周りの動向を気にはしていたが。

「どんな意味合いでも、あたしたちから意識をそらしたことには変わりないじゃない」

クプルムも唇を尖らせた。

わかった上でからかっているフリソスと違い、クプルムからは構えオーラが出ていた。

「そういうときはですね」

プラタはふたりに向けて、いたずらっぽい笑みを浮かべる。

「他の女の子に意識が向かないくらい、骨抜きにしちゃえばいいんですよ♪」

「なるほど、それもいいかもしれませんね」

「確かに。あたしたちしか見えなくしてあげる♪」

フリソスとクプルムは、予想以上に乗り気で食いついてきた。

「プラタ……」

うかつに焚きつけないでくれ……と視線を送るも、彼女は楽しげだ。

当初から姉妹の快楽堕ちを推していた彼女だが、今度は姉妹から俺のほうにそれをさせようとしているのだった。

まあ、美人三姉妹に迫られて悪い気はしないけどな。

そんな風に和やかに話をして、自分たちだけの時間を過ごすのだった。

●

夜、俺の部屋をフリソスが訪れてきた。

今では彼女たちが代わる代わる俺の部屋を訪れるのが普通になっていた。

美人三姉妹に求められる幸せなハーレム生活だ。

当初から俺を頼り、この部屋で作戦会議なども行うことが多かったプラタや、興味を持つとアクティブに動いてちょっかいをかけてくるタイプのクプルムが俺の部屋を訪れることは、違和感がない。

けれどフリソスは元々高貴な生まれに高い能力、それにふさわしい厳しい生活態度で知られており、なんなら俺を部屋に呼びつけるほうが似合っていそうなイメージだった。

しかし実際には、今のフリソスがいちばん俺に構いがちだ。

高嶺の花的な印象だったものの、いざ好意を持つと結構甘々なタイプだったのかもしれない。

部屋に入ってきた彼女は、すぐに甘えるように身体を寄せてくる。

その仕草はギャップもあって可愛らしい。

妹たちといるときは、柔らかさこそあっても比較的しっかりとしているフリソスだが、今はかなり雰囲気が違う。

気高い姿を遠くから眺めているのもよかったが、こうして甘える姿を側で感じるというのは、それよりもずっとよかった。

彼女の体温を感じていると、ムラムラと欲望が湧き上がってくる。

フリソスはそんな俺を見上げながら言った。

「シュタールってば、わたくしにくっつかれて、えっちな気持ちになってますの？」

「それはもう」

「あんっ」

俺はうなずくと、彼女の爆乳へと手を伸ばした。

彼女はそれを受け入れ、柔らかでボリューム感ある胸がむにゅりとかたちを変える。

「んっ、シュタールは胸が好きですわね」

「こんな魅力的なおっぱいを前にしたら、そりゃな」

そう言いながら、彼女の爆乳を揉んでいく。

「あふっ、んんっ……それなら、今日はこの胸を使って、ご奉仕してさしあげますわ」

そう言うと、彼女は身体を動かした。

俺は動きを阻害しないよう、胸から手を離した。

「ふふっ……」

立ち上がった彼女が、服を脱いでいく。

俺はベッドに腰掛けて、それを眺めた。

元から露出度が高い服だが、そのわずかな布がはらりと落ちていく様はなんだかとてもエロい。

美女が脱ぐ姿、そして現れる魅力的な肢体。

動作に合わせて揺れる爆乳おっぱい。

その光景を眺めていると、すぐに股間に血が集まってくる。

「シュタールのそこ……もうそんなに膨らんで、ズボンを押し上げてますわね……♥」

彼女はうっとりと俺の股間を眺めて言った。

裸になった彼女はベッドに上がり、俺のズボンへと手をかけてくる。

「こんなに膨らんで、苦しそうですわ」

そう言いながら、ズボンを下ろしていくフリソス。

彼女はそのまま、下着も脱がしてしまう。

「あぁ……♥　もうこんなに逞しく……♥」

彼女は勃起竿を眺めて呟いた。

そして自らの爆乳を持ち上げるようにする。

かたちを変えながら強調されるたわわな爆乳に、思わず視線を奪われた。

「さ、この胸でシュタールのおちんぽ♥　ご奉仕していきますわね」

フリソスは肉竿に爆乳を寄せると、そのまま左右から挟み込んだ。

むにゅぅっ♥

「うぉ……」

柔らかな挿入がチンポを包み込んだ。

その気持ちよさに、思わず声が漏れる。

「ん、しょっ……」

フリソスは爆乳をむにゅむにゅと動かし、挟んだ肉棒を刺激する。

極上の柔らかさが肉竿を包み込んで快感を送り込んできた。

「あぁ……硬くて熱いおちんぽ……わたくしの胸を、押し返してきて、んっ……♥」

フリソスが手を動かすと、乳圧があがり、肉竿を柔らかく圧迫してくる。

その気持ちよさと、むにゅむにゅとかたちを変えるおっぱいというエロい光景。

「んっ、わたくしの胸の中で、おちんぽがうごいてっ、ふぅっ……」

彼女は爆乳を揺らし、肉棒への愛撫を続ける。

「こうして動かすと、んっ、谷間から先っぽが出てきますわね」

胸を動かしながら、飛び出た亀頭を見つめる。

「確かここを、れろっ！」

「うぁっ！」

彼女の舌が、ぺろりと先端を舐めた。

「ふふっ、これ、気持ちいいんですのね」

「ああ……」

「それならもっと、れろろっ！」

フリソスは舌を動かし、先端を責めてくる。

「ぺろっ、ちろっ……んっ……」

はみ出した先端を舐め回され、その刺激に快感が膨らんでいく。

「れろっ……はみ出している先っぽを、ぱくっ♪」

「おぉ……」

そのままぱくりと亀頭を咥え込む。

唇がカリ裏を刺激し、幹の部分には乳圧がかかる。

「あむっ、ちゅぱっ……♥」

「うぁ、フリソス、それっ……」

彼女は深い谷間から飛び出した亀頭を咥え、軽く吸い付いてくる。

その気持ちよさに声を漏らしながら、フリソスを眺めた。

日頃から、男ならずともみんなの目を惹くような爆乳おっぱい。

その柔肉が俺のチンポを挟み込んで、むぎゅっと寄せられている光景はエロすぎる。

さらにその高貴な口が、チンポを咥えているのだ。

豪奢な美女令嬢のパイズリフェラご奉仕は、夢のようだった。

「んむっ、ちゅぱっ……」

唾液が肉竿を濡らし、それが谷間へとたれていった。

「ん、これで動きやすくなりましたわね。んむっ……」

彼女は肉竿を咥えたまま、胸を上下に動かしていった。

「ちゅぷっ、ふぅっ……」

先端を咥え込まれながら、竿をおっぱいでしごきあげられる。

「うっ……」

気持ちよさで射精欲が湧き上がってくる。

「ん、ちゅぷっ……さきっぽから、れろっ……お汁が出てきましたわ」

「くっ！」

「ちろっ！」

舌先が先走りを舐め取った。

鈴口を舌先でくすぐられ、さらに我慢汁があふれ出してくる。

「んむっ、ちろっ、れろっ……ちゅうっ♥」

舐め取られ、吸い付かれ、どんどんと限界が近づいていく。

フリソスのパイズリフェラは気持ちよくて、俺は高められていった。

「ん、先っぽも膨らんで、じゅるっ……そろそろ、イキそうなんですわね？」

「ああ……出る……うぁ……」

「れろっ、ちろろろろっ♪」

うなずくと、彼女はさらに舌を動かして吸い付いてくる。

「ちゅぅっ♥」

爆乳の柔らかな乳圧と、先端をくすぐる舌。

「ちゅぷっ、れろっ、ちゅぅぅぅっ♪」

そしてバキュームで、俺の限界が近づいてくる。

「フリソス、そろそろ……」

「いいですわ。ん、ちゅぷっ！　わたくしのおっぱいとお口で、れろっ、いっぱい気持ちよくなってくださいな。ちゅぅっ！」

「あぁ、うっ……」

「わたくしなしではいられなくなるくらい、ちゅぷっ、骨抜きにして差し上げますわ♥　れろれろっ、ちゅぱっ、じゅるるるっ！」

「うぁっ、ああっ……！」

彼女は爆乳を揺らしながら、肉竿に吸い付いてくる。

「じゅぶぶっ、ちゅぱっ、ん、ふぅっ……♥　れろっ、じゅぶぶぶぶっ！」

「ああ、出るっ！」

「んむっ!?　ん、ちゅぅぅぅっ♥」

こみ上げてくるものを、彼女の口内に遠慮なく発射していった。

フリソスは一瞬驚いたものの、そのまま精液を口内で受け止めていく。

「んくっ、ん、ちゅぅっ♥」

もっと精液を吸い出すようにしながら、おっぱいで肉竿を絞ってきた。

「ん、じゅるっ、んくっ、ちゅぷっ……♥」

パイズリフェラで精液を搾られながら、俺はされるがままに放出していく。

「ん、はぁ……ふぅっ……」

そして精液を飲み込むと、彼女が肉棒を解放した。

「あふっ……どろどろの精液、たくさん出ましたわね♥」

「ああ」

俺は射精の余韻に浸りながらうなずく。

精液を飲み込んだフリソスは、唾液でテラテラと光る肉竿を指先でつついた。

「まだまだ終わりませんわよ？　シュタールのガチガチおちんぽが大人しくなるまで、わたくしがいーっぱい搾ってさしあげますわ♪」

そう言って笑みを浮かべるフリソス。

その可愛さに見とれ、愛しさがこみ上げてくるのだった。

●

いよいよだ。

本来なら悪役令嬢三姉妹の破滅イベントとなる、パーティーの日がやってきた。

表向き、というか学園としては普通に行事として行われるダンスパーティーだ。

夕方から行われるパーティーの準備として、今日は授業が行われない。

俺はプラタの部屋を訪れ、彼女と一緒にいた。

「シュタールさん」

少し不安そうなプラタの手を、ぎゅっと握る。

「大丈夫。まずそうなイベントは避けてきたさ」

「はい……」

それにここ最近は、主人公たちに絡むこともしていない。

フリソスの印象も、少し口うるさかった……くらいのところであるはずだ。

クプルムについてはほぼ接点もなかったはずだし、プラタにいたっては友人である。

主人公の側から三姉妹を破滅させようという動きはないだろう。

その他の生徒から見ても、俺と一緒にいるようになってから丸くなった、話しやすくなったというイメージがついているようだし、ここからどうこうという動きもなさそうだ。

また、学園外においても、ブラーティーン公爵家の没落を望む者には先回りして手を打っており、それによってこちら側に寝返った貴族家も多い。

学園内でも貴族界でも、フリソスたちが破滅するような状況にはなっていないはずだ。

頭ではそうわかっていても、ここがゲーム世界であることを知っているだけに、本当に大丈夫だろうかという不安はある。

俺たちの想定以上に原作に寄せる力が働けば、無茶苦茶なことが起こらないとは言い切れない。

最悪の場合、リセットやループもあるか……。

だからこそ、たとえ破滅イベントが起こっても、逃げられるように準備はしてある。

学園内に個人所有の馬車を隠してあった。

俺自身も、現代知識を足したことで魔法の腕が上がっているし、またそういった新魔法はこちらの世界からすれば意表を突けるものであるはずだ。

逃げ切るくらいはできるだろう。他国まで亡命はしたくないがな……。

おそらくは必要がないが、念のため、だ。何事もなければむしろ、パーティーが終わってから外出するのもいいだろう。

「あら、ふたりとも、ここにいましたのね」

「むー、プラタ姉様、抜け駆けはずるいわよ」

プラタの部屋に、フリソスとクプルムが訪ねてきた。

彼女たちは破滅イベントについて知るはずもなく、単なる学校行事のパーティーとしか思っていないので、緊張もなにもない。

かつてならクプルムなどは自分が目立とうと張り切っていたところだろうが、今の彼女にはそういった気負いもなさそうだった。

フリソスだって、たとえ主人公がカスティロスにエスコートされて注目を集めていても、つっかかりはしないだろう。

フリソスも俺と接することで、貴族らしさを過剰に求める傾向はなくなり、他者にそれを強いることもなくなっている。王子である俺がそれでよいなら……と、一歩引いてくれた。

今の彼女たちに、破滅させられる原因などない。

運命のパーティーはすぐそこまで迫っていた。


俺は三姉妹を伴って、パーティ会場へと向かった。

会場となるホールにはすでに多くの生徒が集まっており、喧噪に満ちている。

俺たちが入ってくると、周囲の注目がこちらへと集まる。

それもそうだろう。

三姉妹は皆美人であり、特にパーティー用に着飾っていると、その輝きは顕著だ。

その美貌に見とれる者が多いのも納得だった。

皆それぞれに注目を集めているのだが、中でもプラタに集まる視線が多かった。

普段は大人しい印象の彼女が、パーティーということで着飾って派手になると、日頃は隠れ気味な美しさが前面に出るからだ。

そんな彼女たちだったが、周囲の視線はさほど気にしていないようだった。

フリソスは普段から注目を集めるのに慣れているし、ある意味一番普段どおりとも言える。

人前ということで、べたべたすることはなく適切な距離を保っているものの、彼女の注意は俺に向いているようだった。

本来なら、王子である俺が長女のフリソスをエスコートすべきだよな……。

しかし、こういった場にふわさしいエスコートを余裕を持ってできるほど場数を踏んでいない。

ちょっと緊張しているぐらいだ。

けれど今の彼女は、そんな俺の様子も楽しんでいるようだった。

以前だったら、俺のふがいなさを責めていそうだったフリソスだったから、その変化は大きい。

クプルムも周囲の反応にはあまり頓着せず、俺のほうへ注意を向けていた。

プラタだけは少しそわそわしている。できる手は打ち、破滅フラグの気配がないとはいっても、やはり懸念はあるようだった。

俺はそんなプラタを安心させるように、エスコートがてら手を引いた。

そうしている内に、会場内には第一王子であるカスティロスと、彼にエスコートされる主人公ルビーが現れた。

会場内の注目が、一気に彼女たちに集まる。

原作どおりであれば、主人公たちの入場の後はパーティーが始まり、ある程度のところで告発が行われる。

プラタが身を固くしたのがわかった。

俺は目立たない程度に彼女の身体を優しく撫でて、落ち着けるように願った。

そして程なくして時間になり、パーティー開始の合図がなされる。

原作ではここでゲーム進行に合わせて、イケメンたちの誰かが話を切り出し、悪役令嬢の告発が始まる。

この場合なら、ルビーをエスコートしているカスティロスが切り出すことになるのだが――。

固唾を飲んでその動きを見守る。原作通りの告発理由はない。もしなにかあるなら、俺たちが知らない強制イベントだ。

しかしカスティロスは何も言い出すことはなく、司会によって普通にパーティーが始まった。

第一王子であり、上級生の主席であるカスティロスに挨拶が振られるが、彼は当たり障りないことを言うのみで、悪役令嬢への告発はなかった。

嫌がらせなども行っていないため、当然といえば当然なのだが、その当たり前は俺とプラタを大きく安心させた。

華やかな音楽が流れ始め、会場の人々が動き始める。

「シュタールさんっ……！」

プラタが俺を見上げながら、声をかけてくる。

「プラタ……」

他の人もおり、多くは語れないが、俺は彼女の手を握った。

何事もなく始まったダンスパーティ。

俺たちは破滅イベントの回避に成功したのだ。

他の生徒たちがダンスを始める。

主人公ルビーもカスティロスに手をとられ、踊り始めていた。

安心とともにそれを眺めていると、フリソスがこちらへと近づいてくる。

「シュタール」

彼女はその手をこちらへと差し出す。

「ああ」

何事もなく進んでいくダンスパーティー。

それなら俺たちも、ただ突っ立っているだけではなく、相応の振る舞いをしなければならない。

破滅イベントが起こらずに終わり、ここから先も、三姉妹と俺の貴族生活は続いていくのだ。

まだ実感というほどのものはないが、俺はフリソスの手をとって踊り始めた。

前世だけならこういったことにはまるで縁がなく困るところだが、こちらでの意識も同等にあるため、王子としてダンスの一つや二つくらいは、そつなくこなせる。

それに、フリソスと踊ったのは初めてだが、彼女は思った以上にリードされるのが上手かった。

俺が動きやすいようにさりげなく誘導してくれる。

元々、気高い公爵令嬢として完璧な教養を持っていたフリソスだ。

こういった場で合わせるのは、むしろ得意なのかもしれない。

それもまた、公爵令嬢のたしなみでもあるしな。

学園とはいえ、ほぼ社交界のダンスパーティーだ。男がリードするものとされているならば、上手くリードされるのがいい女、というわけだ。

フリソスとの踊りは心地よく、改めて彼女のすごさを感じる。

その美しさから周囲の視線も集めており、俺としてはそちらに緊張してしまうほどだ。

曲が終わると、一度皆踊りをやめて、静かな時間が訪れる。

ダンスパーティーは社交の場であり、様々な人と話したり踊ったり、といったことが行われるのだが、学園でのイベントでは学校行事的な側面が強い。

輪を広げるというよりは、好意を持つ者同士の距離を縮めるとか、そういう雰囲気だ。

これを機に告白したり、声をかけてみたり。

そういう青春ドキドキイベント的なものだった。

それもあって、普段ならすぐにでも人が集まり声をかけられるだろうフリソスだったが、踊り終えた後も俺の隣に立った。

さすがに、王子が連れている女性に声をかけるような蛮勇は、なかなかできるものではない。

そもそも、姉妹との交際はけっこう広まってしまっているしな。

それでも、視線はやはり集まっている。

プラタとクプルムもおり、美女三人が集まっているから、それも当然だろう。

「次はあたしね、シュタール」

そう言って、クプルムが俺の手をとる。

「よし、踊ろう」

次の曲が始まり、ダンスを始める。

クプルムもダンスは得意だったが、こちらはリードされるというよりも、互いに完璧に踊ればそろうはず……というノリだった。

俺もそれなりの心得はあるため、周囲から見れば十分な踊りにはなっていただろう。

こういうところにも性格が出ていて面白いな、と思いながらクプルムと踊る。

彼女は楽しそうにアレンジを入れつつ、タイミングはバッチリなのでとても華やかだ。

クプルムがくるりと回ると、周囲から感嘆のため息が漏れる。

そして身を寄せたクプルムは、得意げな顔で俺を見上げた。

可愛らしい仕草に笑みを浮かべつつ、彼女と踊る。

そうしてまた曲が終わると、クプルムはもう、どや顔だった。

何でもこなす彼女は、以前ほど周囲の注目を気にしなくはなっているものの、こういうところは変わらない。それがまた多少の幼さを感じさせて可愛らしい。

「プラタ」

俺は次にプラタに声をかける。

「あ、私はその、ダンスはあまり……」

転生者であり、俺と違って現代人の意識しかないプラタは、こういった正式なダンスについては、経験がないのだろう。

「大丈夫、別に上手くなくてもいいから」

このパーティーはダンスの上手さを競うものではない。

確かに、フリソスとクプルムの後では踊りにくいというのもわかるし、パーティー用の装いである今、その美しさに普段以上の注目を浴びているのでなおさら恥ずかしいというのはわかる。

だが、どちらかというとこの場はパートナーをアピールする場に近いので、ここで一緒に踊っておく、ということに大きな意味があるのだ。

「わ、わかりました」

破滅イベントを乗り越え、一安心ということもあってか、彼女はおずおずと俺の手をとった。

そして、彼女と踊る。

得意ではないと言った彼女をリードするように、丁寧なダンスを行った。

素直に身を任せてくれる彼女とは落ち着いた踊りができる。

そうして一曲終えると、俺たちはダンスホールから端のほうへと移動した。

そんな俺に、フリソスが身を寄せる。

彼女は俺の腕をとると、ぎゅっと身体をくっつけてきた。

爆乳が柔らかく俺の身体でかたちをかえる。

大勢の前でなければムラッとしてしまうだろう、極上の感触だ。

しかし、ふたりきりのときならともかく、人前でこうもくっつくのは珍しいな、と目を向けると、フリソスは艶やかな笑みを浮かべる。

そしてそのまま、俺へと顔を近づける。

整った美貌がすぐ側だ。

キスするかのような距離で、なおさら俺のテンションは性欲寄りになる。

「シュタールがわたくしのものであると、周囲にアピールしているのですわ」

そう言った彼女が、周囲にちらりと目を向ける。

そちらには、俺たちの様子を窺っている令嬢たちがいた。

「なるほど」

俺自身はフリソスたちに寄ってくる男がいないよう一緒に踊っていたが、反対ももちろんあるわけだ。

しかも俺は美人姉妹三人に囲まれるハーレム状態。

王子がそういうスタンスならば、そこに自分も加わりたい……という令嬢がいても、自然な流れかもしれない。

俺としては、それも歓迎、といったところだが……。

「今すぐここを抜け出して、もっとはっきりとわからせてもいいですわよ？」

そう言って俺の胸板を撫でてくるフリソス。

うっ……。

声までは聞かれていないとはいえ、人前で誘ってくるフリソスがエロく、思わずその提案に乗りたくなってしまう。

おおっぴらにはできないものの、そういったこともある程度許容されてはいる。

俺の反応を見たフリソスは、妖艶な笑みを浮かべると、耳元に口を寄せてささやいた。

「ベッドの上では、さっきよりも情熱的に踊ってさしあげますわ」

誘うように、からかうようにささやく彼女。

そんなフリソスを荒々しく抱きたい、という欲望が膨らんでいく。

とても魅了的な提案だ。

だが、フリソス自身は知らないことだが、今日は破滅イベントを無事乗り越えたという一区切りの意味合いが強い。なんとか無事に一日を終えたかった。

それにフリソスのほうも、俺がその気になれば喜んで乗ってくるだろうが、今の挑発そのものはそこまで本気でもなさそうだしな。

俺との関係を周囲にアピールする、というのは本当だろう。

「あら、残念ですわ」

俺の反応から察したフリソスが、余裕そうに言って、密着を少し緩めた。

それでも俺の腕をつかんだままではあり、そのおっぱいは柔らかく押し当てられている。

そうしてダンスパーティーが続いていき、ひとしきりの時間が過ぎると、そこからは徐々に人も減っていく。

とはいえ、まだまだ多くの学生がホールに残っており、賑わいは十分だ。

「街へ出て食事でもしようか」

パーティーといっても貴族のもの。

がっつりと食事をするようなことはなく、また学生ということで酒類の提供もない。一応、こちらの法としては酒が解禁されてはいるが、そこはやはり学園内、ということだろう。

「いいですわね」

フリソスがうなずき、俺たちはパーティー会場を離れ、街のレストランへ向かうことにした。

学園内に用意しておいた馬車もあるし、ちょうどいい。

そうして、俺たち四人は街へと向かったのだった。

●

何事もなく終わったパーティーの後、街から戻ると、プラタが俺の部屋を訪れた。

「シュタールさん！」

彼女は安心したような笑みを浮かべながら、俺の胸に飛び込んできた。

それを受け止め、そのまま部屋に招き入れる。

「無事に破滅を回避できたな」

「はいっ！　シュタールさんのおかげですっ、ありがとうございますっ！」

そう言って嬉しそうにしているプラタ。

一番の懸念点だったポイントを乗り越え、これで一安心だ。

この世界は原作に近いスタート地点を持ってはいたものの、そこまで強制力が働くようなものではなく、あくまでも自然に進んでいってくれた。

悪役三姉妹は悪役ではなくなり、追放されることもなかった。

俺たちの周りは原作とは大きな変化を遂げ、もう完全にルートからも外れている。

その分、これまでのように原作知識を活かせる機会も減っていくだろう。

本来なかった未来が訪れ、この先どうなっていくかは、もうわからない。

何せ原作では、この先には俺は登場していないのだから。

けれど、先のことがわからないというのは当たり前のことで、破滅の未来がわかっているよりもずっとマシに思えた。

主人公はカスティロスと結ばれ、そのままルートをなぞっていくだろう。

俺たちはそんな彼女たちの横で、モブとして生きていく。

……いや、三姉妹と一緒にいることで、すでにかなりの存在感が出てしまっているし、かつてほどのモブではないか。

ともあれ、もう原作どおりの破滅を恐れることはなく、この先は新しい人生を歩んでいける。

破滅の当事者だったプラタはほっとしたようで、椅子の上で少しぼんやりとしている。改めて破滅の回避を受け止めているのだろう。

しばらくそうしていた彼女は、こちらへと目を向けた。

「ありがとうございます。本当に、あのときシュタールさんに相談できて、よかったです。私だけでは姉妹を動かせないですから、この結果には辿り着きませんでした」

彼女が前世の記憶を取り戻し、俺の元を訪れた日。

気楽にハーレムでも作ろうと思っていた俺の元に、突如現れた他の転生者。

驚きもつかの間、自分を頼ってくる彼女に惹かれてしまった。

そこから、彼女と一緒に破滅を回避することになり……。

悪役令嬢は快楽堕ちが定番！　という本気なのかどうかわからない作戦は結果的には上手くいき、今では美人三姉妹に囲まれるハーレム生活だ。

彼女たちはこの世界屈指の美女であり、俺にとっても想定以上の幸せな状態になっている。

「俺も、今こうして一緒にいられて、すごくよかったと思う」

プラタは立ち上がると、俺に近づいてきた。

「あらためて、これからもよろしくお願いします、シュタールさん」

そう言って、抱きついてきた彼女を抱き返す。

「ちゅっ……♥」

唇を寄せてきた彼女にキスをして、俺たちはベッドへと移動した。

彼女は俺に覆い被さるように乗っかると、再びキスをしてくる。

「んっ……」

互いに舌を伸ばし、絡め合う。

「ちゅっ、れろっ……ん、はぁ……♥」

口を離すと、彼女が潤んだ目で俺を見つめた。

「シュタールさん……♥」

俺はそんな彼女へと手を伸ばし、その身体に触れる。

そしてそのまま、服を脱がせていった。

「あぅ……」

プラタも手を伸ばし、俺の服を脱がせてくる。

そうして互いの服をすぐに脱がせてしまうと、俺たちは裸で抱き合った。

彼女の細い身体と、押しつけられる大きなおっぱい。

「こうして抱かれていると、ドキドキしながらもなんだか安心できます」

「ああ」

俺は彼女を抱きしめて、その背中を撫でる。

なめらかな肌は心地よく、撫でていると穏やかな気持ちになれる。

その反面、押し当てられるおっぱいは欲情をくすぐり、華奢な身体も異性を強く感じさせる。

手を背中からお尻へと下ろしていくと、その丸みを撫でていった。

「んんっ、くすぐったいです……」

そう言いながらも、彼女はぎゅっと俺に抱きついてくる。

そんなプラタのお尻を撫でていると、彼女が顔を赤くしながら言った。

「シュタールさんのおちんちん……硬いのが、私の身体に当たってます。ほら……」

そう言いながら、小さく身体を動かすプラタ。

彼女の身体が、俺の肉竿を擦った。

「私に興奮して、大きくしてくれているんですね」

「ああ」

うなずくと、彼女は頰を染めて微笑む。

「私も、シュタールさんにぎゅっとされて、えっちな気分になっちゃいました」

そう言って軽く身を起こすと、身体の位置を調整していく。

「ほら、私のここ、んっ……♥　もう、シュタールさんが入ってくるのを期待してます……」

そう言って、彼女の肉竿に自らの割れ目をこすり付ける。

ぬるっとした液体が肉棒を軽く濡らしていく。

「はぁ……♥　んっ……」

彼女はそのまま小さく腰を動かしていき、俺の肉竿におまんこを往復させていった。

すぐに愛液が量を増して、滑りをよくしていく。

「んんっ……ふぅっ……♥」

小さく色っぽい吐息を漏らしながら、腰を前後させるプラタ。

彼女のそこは期待に蜜をあふれさせている。

「シュタールさん……♥」

俺の名前を呼んだ彼女は、身体を起こして、俺の上に跨がるような姿勢になる。

そして肉竿を握ると、それを自らの膣口へとあてがった。

「あっ……♥ んっ、シュタールさんのおちんぽ、雄々しく反り返って、んっ……」

そのまま彼女は腰を下ろし、膣内に肉棒を導いていった。

「あっ♥ ん、くぅっ！」

もう十分に濡れていた膣内が、スムーズに肉竿を受け入れていく。

「あぁっ♥ ん、はぁっ……！」

ぬぷり、と熱い膣内に侵入していくと、心地よい締めつけが俺を迎え入れる。

「んぅっ、ふぅっ……あっ♥」

騎乗位で繋がり、プラタが潤んだ瞳で俺を見つめる。

「シュタールさんが、んっ、私の中にいますっ……ん、大きいのが、中を押し広げ、んぁっ……♥」

膣襞が肉棒をきゅっと締めつけながら蠢く。

気持ちよさに包み込まれていると、彼女は、ゆっくりと動き始めた。

「じゃぁ、こんなのは……ん、ふぅっ……どうですか」

蠕動する膣襞が肉竿を擦り上げる。

「ん、はぁ、ふぅんっ……♥」

彼女の口から漏れる甘い声も、俺の欲望を膨れ上がらせていった。

「あっ、ん……シュタールさん♥」

彼女は俺をじっと見つめながら、腰を動かしていく。

これまでもえっちなことに積極的だった彼女だが、危機を乗り越えた安心感からか、いつも以上に発情しているようにも見える。

「シュタールさん、ん、はぁっ、ああっ……♥」

俺の上で、プラタが大胆に腰を振っていく。

そのピストンに合わせて、彼女の大きなおっぱいが弾んでいった。

「あふっ、ん、はぁ、あふっ……」

ただでさえ大きく、目を惹くおっぱい。

見上げるとその迫力はさらに増して、しかも誘うように揺れているのだ。

扇情的な光景に目を奪われている間にも、蜜壺が肉棒を咥え込んで刺激してくる。

膣襞が肉竿をしごき上げる気持ちよさを感じながら、彼女を眺めていった。

「私の中、ん、シュタールさんの逞しいおちんぽが、あっ♥　ぬぷぬぷ出入りして、あっ、ん、ふぅっ……！」

彼女は大きく腰を動かし、肉棒をしごきあげていく。

その気持ちよさと、揺れるおっぱいのドスケベな光景に、昂ぶりは増していく一方だ。

「ああっ、ん、はぁ、ふぅっ……！」

プラタは嬌声をあげて腰を振っていった。

俺は弾むおっぱいを眺めながら、その騎乗位ピストンに浸っていく。

「ん、はぁっ、シュタールさん、ん、くぅっ……」

勢いを増して腰を振るプラタ。

膣襞が肉棒をしごき上げ、快感を送り込んでくる。

「あっ、ん、はぁっ♥ シュタールさんのおちんぽ、私の中をゴリゴリ擦り上げてきて、あふっ、んはぁっ♥」

彼女も快感に乱れていき、俺の欲望もあふれそうだ。

俺はその欲求に従い、下から腰を突き上げた。

「んくぅぅっ！」

突き上げられた彼女は嬌声をあげてのけぞった。

その様子を眺めながら、さらに腰を振っていく。

「んぁっ♥ あっ、ん、下からそんなに、あっ♥ ん、はぁっ！」

彼女は快感に声をあげながら自らも腰を振っていった。

「あふっ、ん、イキそうですっ♥ あっ、ん、はあっ！」

プラタはそう言って、俺の上で乱れていく。

そんな彼女の可愛らしさとエロさ、そして膣襞の気持ちよさに、俺も上り詰めるべく腰を突き上げた。

「あっあっ♥ イクッ！ ん、はぁつ、あふっ、シュタールさん、ん、はぁッ、イクッ、あっ、ん、

「イクウゥウゥウッ！」

プラタは俺の上で絶頂を迎えた。

膣内が収縮し、肉棒を刺激する。

どびゅっ、びゅるるるるるっ！

きつく締まるおまんこ。ぐりぐりと腰を押しつけ、射精を促す動きで限界を超えた。

「んあぁぁぁぁっ♥　あっ、精液、奥に、ん、はぁっ♥」

勢いよく飛び出した精液が、彼女の膣奥を打っていく。

「ん、はぁ……あぁ……」

プラタは大きく肩を揺らしながら、荒い呼吸を整えていた。

その間も、膣内はきゅっきゅと肉棒を締めつけてくる。

「あんっ……シュタールさん、んっ……♥」

彼女は腰を上げて肉竿を引き抜いていき、そのままこちらへと身体を預けてきた。

「これからは安心して過ごせますね」

「ああ、もちろんだ」

破滅を回避し、これからは憂いもなく、こういったいちゃいちゃな日々が続いていくのだ。

そう思うと、とても楽しみだった。

第五章　悪しき者の足音

破滅イベントを回避した俺たちは、すっかりと安心して穏やかな日々を送っていた。

主人公のほうもカスティロスと距離を縮め、そちらのルートでよろしくやっていることだろう。

そうなると一応、主人公は義姉ということになるわけだ。

王族同士だし、現代の記憶でイメージするような親戚付き合いにはならないだろうが、他の攻略対象と結ばれるよりは接点も増えるだろう。

友人として話す機会も多かったプラタによると、ルビーは間違いない転生者ではなく、原作そのままの性格だという。貴族としては割とぶっ飛んではいるが、それも現代人なら理解しやすいから、浅く付き合うには問題なさそうだ。

そうして彼女たちの本編は進んでいるようなのだが、もう俺が原作ルートにかかわることもないため、モブとしての生活を楽しんでいた。

三姉妹についても同じだ。本来ならすでに破滅して退場しているところだし、この先は原作での出番もないのだった。

まあ、このまま原作どおりにいくとは限らないって部分もあるし、弟王子と公爵令嬢が交際している以上は、兄とも何らかの接点が出てくるのかもしれないが。残ったイベントで気になることといえば第二王子の件だが、それは問題ないと思っている。

ともあれ、ひとまずは憂いもなく、のんびりとした日々を過ごせているのだった。

元悪役令嬢三姉妹との、いちゃいちゃハーレム生活だ。

モブ王子になった時点でハーレム生活を夢見てはいたが、それが実現できたどころか、この世界でも屈指の美女に囲まれて求められるという素敵な日々だった。

そんなわけで、俺はすっかりと本編のことを忘れて、彼女たちと過ごしていく。


「シュタール、出かけるわよ！」

休日の朝、もはやすっかりと慣れた様子で、ことわりなく俺の部屋に入ってきたクプルムがそう言った。

「出かけるって、どこに……」

「今日は森に散策に行こうと思うの。シュタールってば運動せずに部屋にいてばかりじゃない？」

「学園のみんなも、割とそうだけどな」

一部の趣味者を除いて、貴族は室内とか庭とか敷地内で優雅に過ごすことが多い。

出かけるといっても大抵は他の貴族の屋敷だ。

まあ、俺はそういうのもあまりしないため、部屋にいてばかりというのはその通りなのだが。

「運動ならほぼ毎日してる」

「そうなの？」

意外そうに小首をかしげるクプルム。

うーむ、そう純粋な顔をされると、夜の運動のこと、という割とひどい下ネタだとは言いだしにくくなってしまうのだった。

「まあいいや。たまにはそういうのもいいかもな」

「そうでしょ？　あたしに感謝しなさいっ！」

ごまかすように話を戻すと、乗り気であったことに気を良くしたクプルムは、あっさりとそちらに注意が向いた。

素直すぎるが、そんなところも可愛らしい。

「さ、早く着替えていくわよ」

「ああ……」

テンションの高いクプルムに促されて、俺は支度をするのだった。

といっても、実際に支度をしてくれるのは、ほぼメイドさんなのだが。

●

馬車に揺られることしばらく。

俺たちは近場の森へと到着し、そこからは歩くことになった。

クプルムがデートだからと護衛を馬車に残し、ふたりきりだ。

立場があるのに危ない――という考え方もあるが、実際のところ魔力の多い貴族というのは戦力としては大きく、野盗がいたとしても手出しできる相手ではないのだった。

クプルムは俺以上に天才だしな。

加えてこの辺りは、学園もそれなりに近いということで、治安にはかなり気が遣われており、野生のごろつき――という言い方はどうかと思うが――というのはほぼいないのだった。

そして俺やクプルムを狙うような貴族も、もはやいない。

そのため、ふたりで気楽に歩くことができていた。

「自然の中を歩くのって、結構気持ちいいのよね」

クプルムはそう言って、てくてくと歩いていく。

歩くことも木々を見ることも健康にいいと聞くし、趣味としては割と定番だろう。

しかし前世でもこちらでも、俺自身がこうして山を歩くことはなかなかなかった。

「姉様たちは、誘ってもあまり乗り気じゃないのよね」

「ああ……たしかに」

フリソスは貴族らしさを重視するから、山へ行くにしても馬車であり、景色を楽しむくらいだろう。プラタはインドア派だしな。

ふたりとも、森林浴を楽しむタイプではなさそうだ。

それで付き合ってくれそうな俺を誘ったのかと思うと、なんだか可愛らしい。

「むっ、なんか邪《よこしま》な視線を感じる」

「いや、どちらかというと微笑ましいものを見る目だったが？」

「それはそれで、邪な目よりもよくないわね」

彼女は軽く口を尖らせた。

微笑ましいとは、ある種小さな子を見るような目であり、邪というのは性的に見ているということでもある。

そう考えると、彼女の反応はわかりやすい。

「クプルムが歩くの好きっていうのも、意外だけどな」

「そう？」

彼女は首をかしげた。

「ああ。公爵令嬢って、自ら歩く機会ってそうそうないだろうし、クプルムも令嬢らしいタイプだっただろう？」

わがまま、というのも令嬢らしさではある。

イメージとしては、かつてのクプルムなら、馬車が通れないところでも籠を持たせて自分の足では歩かない、とかしているほうに近い。

しかし実際には、こうして森の中を楽しそうに歩いている。

「気分がいいっていうのもあるけれど、自然に触れる中で魔力の流れを意識しやすいから、役立ちもするのよ」

「なるほど……」

俺自身、こうして森を歩く機会があまりなかったら考えてこなかったが、魔法というものが筋肉よりは精神に関連するものであることを考えれば、自然の中で瞑想に近い状態になることで、魔力をよりはっきりと感じられるものなのかもしれない。

三姉妹でも一番魔力の高いクプルムは、こういった何気ないところで正解をとっているのかもしれない。

本人が意図しているわけではないから、意識が高いというのとは違うが、自然と能力を活用していくのも天才らしいな。

凡夫は、努力したつもりになっている。秀才は普通に努力をし、天才は凡夫の本気以上を努力とも思っていない、という話かもしれない。

そんなことを考えつつ、俺たちは森の中を進んでいく。

「ふたりで出かけるのって、なかなか珍しいわよね」

「確かにな。最近は街へ出かけるなら四人ってことが多いし」

プラタとはふたりで行動する期間もそれなりにあったが、クプルムやフリソスとふたりきりで行動する機会というのはあまりなかった。夜は別として。

「シュタールってば、いつも姉様たちに囲まれているものね」

幸せな話だ。

昼も夜も美女たちに迫られ、いちゃいちゃと過ごす日々。

破滅イベントも起こらず、今や憂いもない。

前世では考えられなかった幸せな生活を楽しんでいる。

しかも、一夫多妻も問題なく、彼女たちもそのつもりだという。

これからもこんな日々が続いていくのだ。なんという幸運だろうか。

「なんだか年寄りみたいな目になってるわよ？」

幸せをかみしめていると、クプルムがからかうように言った。

確かに、なんだかもうすべて終わった気もして、そういう意味では老人チックなのかもしれないな。

「のんびりと森を散歩するっていうのも、気持ちよくはあるが、余計に老人っぽいな」

こちらの世界ではともかく、現代日本では、なかなかそういう時間をとるのも難しかった。

若いうちは仕事に打ち込まざるを得ないし、たとえそれなりに能力があっても、それならそれで余計に仕事に打ち込むものだしな。

こうしてのんびりと森を歩くのは、俺的には老後感がある。

「ふうん」

俺の言葉にうなずいた彼女は、にやり、といたずらっぽい笑みを浮かべた。

「それなら、シュタールの若いところを引き出してみようかしら」

「若いところというか……基本的には若いつもりだけどな」

一番の問題が解決して少しのんびりとしているだけで、そこまで達観しているわけでもないつもりだ。

彼女は俺に密着しそうなほどに近づいて、こちらを見上げた。

可愛らしい顔と、大きなおっぱい。

その胸元からは谷間が覗いており、思わず見とれてしまう俺は、まだまだ十分に若いといえるだろう。

というか、そっちの話であれば、毎夜代わる代わる彼女たちが訪れているので、十分以上に精力にあふれているといえる。

「ふふっ、えっちな目になってる♪」

そう言ったクプルムは、俺の股間へと手を伸ばしてきた。

彼女の小さな手が、ズボン越しに股間をなで回してくる。

野外だというのに、刺激によってムラムラとしてしまう。

そんなこちらの様子を感じとった彼女が、にやにやと笑みを浮かべた。

「あー、シュタールってば、お外で発情しちゃってる♪　ちょっと触《さわ》られただけで、おちんちんムクムクしちゃったの？」

メスガキチックに煽ってくる彼女に、余計に滾りを加速させられた。

その生意気な言い方の奥に、彼女の欲望が透けて見えるのもまた、可愛らしさとわからせへの欲望を焚きつけてくるのだった。

「わっ、すっご……」

彼女の手の中で、肉棒は硬さを増していく。

「おちんぽガチガチになってるし、大きくなって、ズボンを押し上げちゃってる……♥　こんな状態で街中を歩いたら大変だね」

そう言いながら、肉竿をくにくにといじるクプルム。

「ちょっとした刺激でこんなにしちゃうなんて、シュタールは若いね♪」

そうからかいながらも肉棒をいじってくるクプルムに、俺の欲望は膨れ上がっていった。

クプルム自身も、さすがに人前ではこういったことをしない。

しかしこの森の中にいるのは俺たちだけであり、周囲に人の気配はまるでない。

特に今は、馬車を降りて少し外れた場所を歩いているため、誰もこちらには気づかないだろう。

そういうことなら、メスガキ煽りをしてくるクプルムに、しっかりと応えようじゃないか。

「外でこんないたずらをしてくるなんて、クプルムには困ったものだな」

俺がそう言うと、彼女は妖しい笑みを浮かべながら言った。

「えー？　こんなにおちんぽガチガチにしながら言っても、説得力ないよ？」

彼女はそう言って、手を動かしていく。

「ふふっ、このままズボンの中にお漏らししちゃう？　雑魚ちんちんいじられて、パンツの中ドロドロになっちゃうね♥」

クプルムはそう言いながら、俺を見上げた。

その目は潤んでおり、期待に満ちている。

まったく、とんだドスケベメスガキだ。

俺はそんな彼女の腰をつかむと、身体を逆向きにして木に向かわせた。

彼女はそのまま木に手を突くと、お尻をこちらへと突き出してくる。

短いスカートがまくり上げられ、彼女の下着があらわになった。

「あんっ、あたしにお尻を突き出させて、どうするつもり？」

そう言いながら、誘うようにフリフリとお尻を揺らした。

俺はズボンから肉棒を取り出すと、彼女の下着をずらす。

「んっ……」

「人のことを煽っておいて、クプルムももう濡れてるじゃないか」

彼女のアソコは蜜を垂らしており、メスのフェロモンを放っている。

俺はそんな彼女の膣口に、肉竿をあてがった。

「あっ……♥」

軽く腰を往復させて、肉棒を割れ目へとこすり付ける。

「んぅっ……シュタールのおちんぽ、あたしのアソコに入りたがってる、んんっ……♥」

「クプルムのおまんこ、早くチンポをはめてほしそうにしてるな」

愛液がはしたなくあふれて肉竿を濡らしていく。

「あふっ、はち切れそうなおちんぽ……こんなところでギンギンにして、んはぁっ！」

煽ってきたクプルムの膣内に、肉棒を挿入する。

予想外のタイミングで挿れられて、彼女の口から喘ぎ声が漏れた。

「あくっ、急にズブッと挿れて……んっ♥　そんなに待ちきれなかったの？」

彼女はそう尋ねながらきゅっと膣内を締めた。

可愛らしい膣襞が肉棒に吸い付いてくる。

「あふっ、盛ってるのね。んっ♥　すぐ出しちゃダメなんだから。ちゃんとあたしを気持ちよく、んはぁっ♥」

彼女の言葉を聞き終えずに、俺は腰を動かし始めた。

「あっ、ん、もう、せっかちなんだから♥　んぁっ！」

クプルムは嬉しそうに言った。

生意気な態度からするに、どうも今日は荒々しくされたいようだ。

素直じゃないというか、ある意味分かりやすくて素直というか。

俺はそんな彼女に応えるように、ピストンを行っていく。

「んぁっ♥　あ、最初から、んっ、すご、んはぁっ！」

木に手を突いて、感じているクプルム。

木漏れ日でまだ明るい野外。

そんなところで肉竿を咥え込み、感じている姿はエロすぎる。

俺はそんな彼女を、後ろから突いていった。

「んはぁっ！　あっ、ん、ふぅっ……♥　お外で、あっ♥　へこへこ腰振りっ♥　我慢できない、んっ♥　ダメチンポ、んはぁっ……！」

彼女は俺を煽るようにしながら、嬌声をこじらせていく。

「そのダメチンポで感じまくってるメスガキは誰だ？」

言いながら、俺はさらに腰振りを激しくしていった。

蠕動する膣襞が、喜ぶように肉棒を締めつけてくる。

「んはぁ♥　あ、それ、んぅっ！　そんなにズポズポするのだめぇっ♥」

野外立ちバックで感じるクプルムを、後ろから責めていく。

普段とは違うシチュエーションに、ピストンの速度も速くなっていく。

「んくぅっ！　あっ、ん、はぁっ♥　おちんぽ、中をズブズブ突いて、ん、はぁ、あっ、んぅ、あ
あっ！」

快感に身体を揺らす彼女の姿勢が、少し崩れそうになる。

俺はそんなクプルムの身体を支えるようにしながら、さらにおまんこを突いていった。

「んぅっ♥　ああっ、欲情チンポが、あたしの奥までつんつんして、んぅぅっ♥」

ぐっと腰を突き出すと、子宮口がくぽっと肉竿を受け入れる。

「んはぁっ、あっ、ん、うぅっ♥」

「野外でチンポを咥え込んで感じるなんて、クプルムはドスケベだな」

そう言うと、膣内がきゅっと反応する。

「んぁっ♥　あっ、あんたのおちんぽだって、んぁ、あたしのおまんこで、ビクビクしてるくせにぃ♥　ん、ああっ！」

彼女はお尻を突き出すようにしながら続ける。

「お外で盛って、あっ♥　女の子を襲うヘンタイ♪　ん、はぁっ、勃起チンポ我慢できなくて、んっ♥　へこへこ腰振り、んはぁっ！」

「その腰振りで喘ぎまくってるドスケベメスガキには、もっとしっかりわからせないとな」

「んくぅっ！」

俺はさらに激しくピストンを行い、彼女のおまんこをかき回していく。

「あっあっ♥　だめ、ん、そんなにしたら、あたし、あっ♥　もう、イクッ！　イっちゃう、ん、はぁっ、あぁっ！」

「真っ昼間の森の中で、チンポハメられてイけっ」

俺は腰を振って彼女の中を往復していく。

「んくっ、あっ、あぁっ！　イクッ！　ん、お外で、んぁ、生意気おまんこ強引にちんぽズブズブされてイクッ！」

クプルムが上り詰めるのを感じながら、俺はピストンを続けた。

「んぁっ、あっあっあっ♥　おまんこイクッ！　奥までズブズブ突かれて、んぁ、あっあっあっ、イクウゥゥウゥッ！」

「う、おぉ……！」

どびゅっ、びゅくくっ、びゅくんっ！

彼女が絶頂し、膣内が収縮するのに合わせて俺も射精した。

「んはぁっ♥　あっ、出てるぅっ♥　お外で、中に出されてぇっ……♥　ん、ああっ……♥」

絶頂おまんこに中出しを受けて、クプルムがあられもない声をあげる。

精液をねだり搾りとるような蠕動に誘われ、俺はその膣奥に精液を放っていく。

「ん、ああっ……♥　気持ちよすぎて、あっ、力、抜けちゃう、んぁ……♥」

その膣内にしっかりと精液を注ぎ込むと、俺は彼女を支えるようにしながら肉竿を引き抜いた。

「あふっ、んっ……」

彼女はそのままぐったりとこちらへと身体を預けてくる。

俺は後ろから抱きしめるようにしながら、落ち着くのを待ったのだった。

●

その日は、学園中に激震が走った。

先日から学園を離れていた第二王子ブロンゼが反カスティロス派の貴族たちを率いて、反乱を起こしたのだ。

それによって国中が騒ぎになり、授業は当然休み。

令嬢子息は一度家に帰ることが許可され、近い者にはすぐに迎えが来たり、遠くの者は家からの知らせを待たずに学園を出たりしている。どうしていいかわからず、混乱しながら学園にとどまっている者いた。

第二王子がどうして突然……という空気が流れている。

第二王子は第一王子と同じくらい優秀であったが、しかしいつも一歩及ばないという状態だった。

それもあって、兄弟仲は微妙だったといえる。

現状よりも上を狙う貴族の中には、第二王子について彼を神輿として担ぎ、主流派をひっくり変えそうという勢力もいた。

しかしそれもあくまで一部だけであって、順当に第一王子を支持する貴族のほうが多いのは変わらなかった。

これが、第二王子のほうが優れているというのならまだ可能性もあったが、能力は対等に近い。

しかも第一王子がやや上となれば、ひっくり返す大義名分もない。

だから結局、反乱は起こらないだろう、というのが大方のこれまでの意見だった。

しかしそれに反して、第二王子が動き始めた。

まあ、この騒動は原作を知っている俺やプラタには、特に驚きではない。

この行動が、悪しき者の邪気に当てられたものだと知っているからだ。

悪しき者は第二王子の劣等感につけこみ、自らの増大する力を与える代わりに、彼を動かして反乱を起こさせたのだ。

実際、悪しき者に取り込まれたことで第二王子の魔力もあがり、その力は第一王子との拮抗を崩した。

無論、為政者としては問題だが、純粋なパワーにおいては、第一王子派を退けうる力をもっている。悪しき者の力は、封印から漏れ出たのが一部だけとはいえ、それほどまでに強力なのだ。

だが、俺は心配していない。

これはカスティロスルートの展開そのままであり、主人公であるルビーの聖属性は悪しき者への特攻能力だ。無事に封印されるのを知っている。

カスティロスとルビーの仲は順調だと聞いているし、特に問題はないだろう。

まあ、それを言う訳にもいかず、ひとまずは大人しく、混乱する人々に混じっておくわけだが。

第二王子の反乱で城は慌ただしく、安全とも言い切れないため、第三王子である俺は学園に留まるようにと言われた。

第一王子であるカスティロスは、聖属性である主人公と共に、ひとまず城に向かったようだ。

しばらく待っていれば、彼女らが悪しき者を再封印して平和が訪れる。

そしてふたりは結ばれて、ハッピーエンドだ。

というわけで、俺は混乱や不安の中にある学園で、のんびりと構えていた。

そんな俺の元に、プラタが焦り気味にやってくる。

「シュタールさん」

「どうしたんだ、プラタ」

フリソスやクプルムならこの状況に焦っているのもわかるが、プラタは俺同様、いや俺以上に原作を知っており、これがカスティロスルートのイベントで、主人公が無事に聖属性の力を発揮しておさめることを知っているはずだ。モブには出番はない。

何か、それとは別にまずいことでもあったのだろうか？

悪役令嬢三姉妹である彼女たちは、この時点では物語から退場している。

それでも、原作ではない何かに巻き込まれる可能性はゼロではない。

「ちょっと、まずいかもしれないです」

そう言った彼女を、ひとまず落ち着かせるように抱きしめる。

プラタはそのままぎゅっと俺に抱きついてきた。

「ん、シュタールさんにぎゅってされるの、安心します」

そう言いながら、すりすりと俺の身体に顔をこすり付けてくる。

その甘えた感じと、押し当てられる大きな胸に少しムラムラしてしまった。

「って、そうじゃなくて」

同じく発情しかけていたプラタだったが、用件を思い出したのか、気を取り直した。

「ブロンゼさんのことなのですが」

「ああ」

悪しき者に心を委ねた第二王子は、強大な力を持っている。

「原作では、このままルビーたちが第二王子を打ち払いますよね」

「そうだな」

当然だが、そこに悪役令嬢たちは参加しない。

俺の、モブとしての手助けもすでにすんでおり、原作上では役割も終わっていた。

あとはエンディングでもある主人公と第一王子の結婚式に、弟としてモブ参加するくらいだろう。

「私たちは破滅イベントを避けるために、主人公へのいやがらせも避けましたよね？」

「ああ……なるほど」

原作では、度重なる嫌がらせの中で、主人公の魔法は鍛えられていった。

その都度、少しずつ彼女が覚醒し、能力が一段上がっていく。

その覚醒イベントも、俺たちが嫌がらせを回避したことで、起きていないのだ。

とはいえ、だいぶぬるいゲームだったので、そこまで重要ではないはずだが……。そもそも、戦闘とかのＲＰＧ要素はないしな。

「一応、悪しき者への特攻もあって、根源になっている第二王子と対峙すること自体は可能だと思いますが、そこへたどりつくまでの手下たちに力を使いすぎると……」

「展開的にも、魔力が足りなくなるのか」

三姉妹の破滅イベントが回避できたところからしても、この世界は大筋が原作どおりに流れるだけで、修正力についてはほぼないと見ていい。

つまりこのまま原作どおりに、主人公たちが手下を退けてから、悪しき者の依り代となった第二王子と衝突すれば……力及ばず敗北し、国全体が悪しき者の支配下に置かれる可能性が出てしまう。

主人公は必ず勝つ……とはならないかもしれない。

「それは厄介だな」

悪しき者に取り憑かれた第二王子が支配したとして、それがどんな国になるのかは原作にもないのでわからないところだが、まあろくなものではないのだろう。

一応、俺は第二王子の弟でもあるし、彼とも対立していないが、実力差ははっきりしており逆らいようもない。

上手く立ち回ればなんとかなるかもしれないが……素直に第一王子に勝ってもらい、ハッピーエンドの世界で生きていくほうが楽だし自由だよな。

「原作にはない展開だが……」

俺たちが協力することで、主人公の余力を残したまま第二王子の元へ届けるのが最適だろうか。

幸い、俺は現代知識によって原作より力を付けており、その辺の貴族相手に魔法で負けることはない。

さすがに今の第二王子は、聖属性を持たない以上、俺にはどうしようもないが。

「ま、原作でも第三王子はモブとして第一王子を助けていたしな。露払いを引き受けるのは、うってつけの立場でもあるだろう。物語的にも破綻はないいな」

「ふたりとも、ここにいましたのね」

そんな話をしていると、フリソスが部屋へと入ってくる。その後ろにはクプルムも一緒だ。

「シュタールはこのまま学園に残りますの？」

「いや、ちょっと用ができて、兄上のところへ行く予定だ」

「そうですの」

フリソスは小さくうなずいた。

彼女はこの状況でも取り乱さずに振る舞っているが、その顔にわずかばかりの不安がにじんだ。

「大丈夫だ」

俺はそんなフリソスに、力強くうなずいた。

「シュタールさん、私も……一緒に」

そう言うプラタ。

公爵令嬢ということもあり、彼女たちも魔力自体は高いほうだ。

フリソスは努力、クプルムは天性の才能で強力だし、プラタは俺同様に現代知識がある。

現代にあふれる魔法バトルモノなどで出てきた技の再現や、能力モノにあるような力の使い方は、平和なこちらの世界では思いもしないものも多い。

それこそ俺が使う、水魔法で相手を窒息させるとか、局地的に雨を降らせてその一部だけを攻撃魔法にする、なんてのはこちらでは考えもしないだろう。

それ故に、相手は油断したまま負けることになる。

だが、俺は同行には反対だ。

「プラタは、こっちに来てから戦闘用に魔法を考えたり、いろいろ試したりした？」

「いえ、特には……」

「まあそうだよな」

触れてきた文化も違う。

原作でも悪しき者の封印、第二王子との対決は絆の力といった心の部分がメインであっさりとしていたし、魔法があるすべての作品で、能力バトルのような戦闘を行うわけじゃない。

そういったものへの憧れがなければ、魔法を手に入れたからといって、技を試そうとも思わないだろうしな。

そもそも、この乙女ゲー世界でそういうのを試している俺のほうが変なのだろう。

というわけで、戦闘が得意というわけでもないプラタをわざわざ危険な目に遭わせるのはいいことだとは思えない。

ただ、学園が安全だという保証もないんだよな……。

「あたしもついていくわ」

クプルムがそう言って、俺のところにきた。

「そうですわね。どうも、シュタールはひとりでなんとかしようとしがちですし」

フリソスもうなずき、行く気満々のようだった。

「わ、私も……」

それに続くように、プラタももう一度言った。

「そうだな……」

どのみち学園が安全とも言い切れないし、それなら一緒にいたほうがいいかもしれない。

現代知識を活かした攻撃魔法をわざわざ編み出していないとはいっても、プラタだって公爵令嬢として相応の魔力はあるわけだしな。

「それなら、みんなで行くか」

そうして、俺たちは本来より魔力の上がっていない主人公を、無事に悪しき者の元まで送り届けるため、合流することにしたのだった。

●

「兄上、お供します。向こうもそれなりに数を揃えているでしょうし」

「ああ、助かる、シュタール」

俺たちはルビーたちと合流した。

第二王子が悪しき者の力に溺れていることは、聖属性であるルビーによってすでに判明していた。

そこで、ルビーが第二王子の中にある悪しき者の力を封印するために、カスティロスとともに動くところだった。

原作ではふたりの力で、悪しき者に取り込まれた手下たちも排除していくのだが、悪役令嬢の嫌がらせによる覚醒イベントがスキップしている今、同じメンバーで挑むと、第二王子の元にたどり突く頃には満身創痍になってしまうだろう。

彼らがそれを知っているということはないが、そもそもハードルが高いことは間違いないので、俺たちの手助けは感謝された。

王国の戦力は、反乱のせいで分散してしまっていたのだ。第二王子も、なかなかやるな。

プラタたち姉妹は本来、原作にはもういない状況だから、こちらに来ていても物語には影響しないはず。

そうして、俺たちは主人公とそのパートナーであるカスティロス、そしてルビーの友人たちとともに、悪しき者に取り込まれた第二王子の元へと向かうのだった。


ブロンゼが拠点としている、第二王子派の伯爵家。

俺たちはそこへ乗り込んだのだった。

「悪しき者の力を感じる……」

聖属性のルビーがそう言うと、カスティロスをはじめ、全員が身構える。

俺たちの役割は、襲い来る配下たちを受け持ち、ルビーの魔力を消費させずにブロンゼの元まで送り届けることだ。

「原作では、ホールで戦闘になるのですが……」

プラタが俺に耳打ちする。

「そこがメインか。その後は？」

大筋は俺も把握しているが、細かい部分については、プラタのほうが詳しい。

「隠し通路のある部屋にもひとりいます」

「通路を守る奴が一番強敵か？」

「いえ。そちらは戦闘力自体は低いのですが、魔力を大きく奪ってくるタイプです」

「危険は？」

「その性質以外は、ほぼありませんね」

「ありがとう」

今回の場合、敵の性質が特に厄介だ。

主人公の魔力を奪われるのが一番まずい。

「プラタ、そいつの相手を頼めるか？　プラタなら敵の行動パターンもわかっているだろうから、主人公を遠ざけられるだろう？」

「はい。わかりました」

「俺は他の仲間とホールのほうで大勢を相手して、プラタや主人公を、通路のあるそっちの部屋に行かせるようにする」

俺たちは小声で作戦会議を終えると、主人公たちに続いて屋敷へと入っていった。

カスティロスがホールを眺めて言う。

「熱心な歓迎だな」

左右、そして目の前の大階段と、吹き抜けになっている二階部分。

そこにずらりと配下がいた。

「兄上やルビーさんは、ブロンゼ兄さんに取り憑く本体のほうを。ここは俺たちが引き受ける」

俺はそう言って、前へと出た。

フリソスとクプルム、そして主人公グループの仲間たちも前へ出た。

本来なら、ここはカスティロスやルビーも一緒に戦うのだが、ルビーの魔力が少ない今は、そうさせるわけにはいかない。

その分、本来はいない俺やフリソスたちでカバーし、カスティロスたちは消耗せずに第二王子の元へと向かってもらう。

「……ああ、頼むぞ」

カスティロスは俺にそう言うと、ルビーの手を握った。あの俺様だった兄が俺に「頼む」だなんて、ずいぶんと変わったものだな。

俺はプラタへとアイコンタクトを送り、ふたりを任せる。

「いきますわよ」

そしてまずはフリソスが派手な風魔法を放ち、配下の一部をなぎ倒していく。

それで道が空き、カスティロスたちがそちらへと駆けていった。

プラタがフォローのためにそれを追う。

配下たちは奥へ抜けようとする主人公たちに迫るが、俺が水の壁を作り出し、配下と主人公たちを隔てる。

その間に彼女たち三人はホールを抜けきり、奥の部屋へと向かった。

そしてホールでは乱戦が始まった。

「壊れちゃえ！」

クプルムが爆破魔法を放ち、群がっていた配下たちを吹き飛ばす。

それでも悪しき者の魔力で強化されると同時に理性も薄くなっている配下たちは、懲りずに襲いかかってきた。

この世界らしい、シンプルな火球や風の魔法が襲いかかってくる。

「ぐっ、この数は……」

「それに、魔法も思ったより強力……！」

ルビーの友人たちはその配下たちに戸惑いつつも、なんとか一対一の状況を作れるように立ち回り、少しずつ削りに入っている。本来ならルビーの聖属性で、連中の魔力を落としての戦闘だからな。このままだと結構キツいが、頑張りどころだ。

慎重だが的確な判断と攻撃を繰り返す。さすがは主人公についてくる友人キャラたちだ。

俺も水魔法で、こちらへ迫る配下たちを行動不能にしていく。

水を触手のようにうねらせて一度に複数の相手を叩き伏せていった。

悪しき者の力で強化されているとはいえ、基本は平和な世界であり、戦闘慣れしていない者たちだ。ストレートに飛んでくる水球とは違う、触手の不規則な動きになぎ倒されていく。

「どかーん！」

地味に削りを入れていく友人たちと、現代知識による邪道魔法で配下をなぎ倒していく俺の横で、クプルムがそのトップクラスの魔力で正面から配下を蹴散らしていった。

配下たちの強化された魔法を、さらに上回る炎魔法の力業で突破していく。

「クプルムらしいですわよね、誇らしいですわ」

フリソスが余裕の表情で俺に話しかけながら、こちらも強力な風魔法で配下を蹴散らしていった。

突風で五名ほどの配下を巻き込んで、そのまま壁に打ちつける。

この世界の建築物、特に貴族クラスのものは魔法の影響を受けにくい施工となっており、クプルムの炎がこれだけ飛び交っていても火事にはならない。

同じくフリソスの風魔法を受けても、ズタズタになることなく形を維持している。

彼女たちにとっては、最も気兼ねなく、その強力な魔法を使える環境かもしれない。

主人公の友人たちはその勢いにあらためて驚いて、むしろ挑むしかない敵よりも引いているくらいの様子だった。

そんな彼女たちの派手さに紛れ、俺は地を這うように水魔法を伸ばし、配下たちを絡め取って無力化している。

「そろそろ終わりかな？」

「そうですわね」

圧倒的多数だった配下たちは蹂躙されて、みるみる数を減らしていく。

「フリソス様たち、さすがですね」

「ルビーたちを送り出して、あとは時間稼ぎのつもりだったのに……」

「これだけの数を倒してしまうなんて」

友人たちが、あらためて姉妹のすごさを感じているようだった。

確かに、いくら魔力が高いといっても、普段は戦闘力を見せる機会もないしな。

実際に戦いにおいて、どれだけのことができるか目の当たりにして、驚くのも無理はない。

多数を相手に難なく撃破していく彼女たちは、まさにかつて貴族が恐れられていた姿を証明しているかのようだ。

彼女たちが大まかに蹴散らし、俺がそこから漏れたのを処理していき、ホール内の配下たちは全滅した。

「みんな、無事か？」

俺はルビーの友人たちに声をかける。フリソスとクプルムは心配するまでもないしな。

「はい、シュタール様たちのおかげでなんとか」

「それはよかった」

俺たちはホールを後にして、先へと進む。

最終的には聖属性の持ち主であるルビーに任せることになるし、力さえ温存できていればなんとかしてくれるということもわかっているので、今は足取りも軽い。

ホールを抜けて、隠し通路のある部屋へと向かっていった。

そこは一見すると、他の部屋と変わらない一室だが、今はその奥にある本棚がずれており、奥には地下へと続く階段が見える。

床には縛られた配下が転がされており、プラタが壁際に座り込んでいた。

「プラタ」

「シュタールさん、大丈夫でしたか？」

「ああ。プラタのほうも、大丈夫そうだな」

彼女は魔力を消耗してはいるが、怪我などはない。

先に言っていたとおり、魔力を削ってくるのが厄介ではあるものの、プラタの実力なら問題なく勝つことはできたのだろう。

そういった対策をしやすい、というのが原作知識の利点である。

まあ、悪しき者のように、原作を知っていても対抗策が聖属性しかないからどうしようもない存在、というのもいるが。

「ふたりは、無傷のまま隠し通路の奥に向かいました」

その先には、悪しき者に取り込まれた第二王子がいる。

万全のふたりなら、覚醒イベントを経ていない状態でも勝てる予定だ。

ここに関しては、信じるしかない。

悪しき者に対抗できるのは聖属性と、それを支える絆の力だ。

ルビーと接点のほとんどない俺たちが行っても、悪しき者の影響を強く受けすぎている第二王子相手に役立つことはない。

下手をすれば、俺が悪しき者の影響を受けてかえってピンチを招いてしまうだろう。

こちらは元々、悪役令嬢の三姉妹と、ただの転生者だ。

悪しき者とのほうが、相性よさそうでさえある。

いや、一応俺は原作の設定もあって、聖属性の派生とされている光属性にも適性がありはするのだがな。気休め程度だが。

ともあれ、そうして隠し通路の前で、ルビーたちの帰還を待つ。

友人たちも、魔力の消耗もあって無理に突入しようとせずに、同じように待っていた。

原作を知り、ほぼルビーたちが勝つことを確信している俺たちに比べ、友人たちはやや不安げだが、それも無理はないだろう。

この屋敷には、悪しき者の気配が漂っている。

先程倒してきた配下たちにしても、その影響で強化された存在だった。

これといって優れた魔法使いでもなかった彼らが余波で強化されてすら、それなりの存在になっていたのだ。

元が強力な第二王子が、悪しき者の力を存分に受ければ、どれだけ強化されるのか……。

それを考えれば、心配になるほうが当然とも言えた。

もちろん、聖属性が悪しき者への特攻となっているので有利なのだが、その性質を目にする機会というのは、普段はない。なかば伝説上の能力だ。

平和な世界では、ルビーが戦う姿を見せることはない。

伝承にある聖属性として評価されてはいるものの、側にいる友人たちは、彼女の人柄にひかれているのだ。

そうしていると、屋敷全体に突然、明るい気配が広がっていった。

それは聖属性の光だ。

屋敷に流れていた悪しき者の気配が浄化されていくのがわかる。

「これは……」

フリソスがそれを感じ取り、つぶやいた。

「ああ！」

おそらく、ルビーが悪しき者の力を再封印することに成功したのだろう。

穏やかな聖属性の力が屋敷に満ちて、そして外へと広がっていく。

程なくして、ルビーたちが地下から上がってきた。

「みんな、無事だったんだね……！」

友人たちを見たルビーが顔を輝かせる。

カスティロスは、そんな彼女を優しく見守っていた。

原作の大きなイベントはこれで終わり。

後はハッピーエンドだ。

カスティロスルートをたどる今、この先は王となる彼と妃となるルビーによる、平和で幸せな未来が待っている。

悪しき者は封印され、平和が取り戻されたのだ。

俺たちは屋敷を後にして、学園へと戻っていくのだった。

その後。

屋敷での活躍もあって、フリソスたちは周囲から高く評価されていた。

元々、公爵令嬢、成績優秀ではあったものの、近寄りがたかった彼女たち。

しかし興味が他に移ったことで、悪役らしい振る舞いもなくなっていたところに、悪しき者の封印を助けたとあって、彼女たちの印象は一気に変わっていった。

原作では悪役令嬢として皆から嫌われ、破滅を迎えることになっていた彼女たちだが、今では多くの人に慕われるようになっていた。

ついで、彼女たちの側にいる俺のほうも評価が変わる。

優秀な双子王子の出がらし、居るのか居ないのかわからないモブ……というところからはかなり出世していたのだった。

もちろんこの件で一番の注目株は第一王子と、聖属性の主人公だ。

そこについては、わだかまりも別にない。

こっちはこっちで幸せにやっているので、それで満たされている。

主人公ほどの派手さはないものの、けれど十分な評価とともに、平和になった世界で生活しているのだった。

夜になると、彼女たちが部屋を訪れる。

今夜はフリソスが俺の部屋へとやってきたのだった。

「最近、以前よりシュタールと過ごす時間が少なくなった気がしますわ」

彼女はそう言いながら、俺のほうへと身を寄せてくる。

「昼間のフリソスは、いろんな令嬢たちに声をかけられているもんな」

これまでは近寄りがたかった、けれどその優秀さは聞き及んでいた公爵令嬢。

そんな彼女が、ここ最近では以前よりずっと穏やかになり、人への優しさを見せるようになっている。

しかも、悪しき者の件でも活躍し、さらに注目を浴びているとなれば、声をかけたくなる人が増えるのも道理だろう。

しかし、フリソスは今は最上級生。

学園で過ごす残り時間というのも限られている。そのため、なおさら今のうちにと声をかけてくる子が多いのだろう。

「慕われるというのも悪くないけれど、シュタールと過ごす時間が減るのは残念ですわ」

「まあ、俺とは卒業後も、いくらでも時間を作れるしな」

そう言うと、彼女は呆れるような目を俺へと向けた。

「シュタールと過ごす時間がこの先いくらあっても、学園で一緒に過ごせる特別な時間は限られてますのよ？」

かつてでは考えられないような可愛らしいセリフに、思わず顔がにやけそうになる。

彼女はそんな俺を上目遣いに見つめた。

「んっ……」

そんなフリソスにキスをすると、彼女は舌を伸ばしてきた。

「れろっ……んぁ……♥」

そして軽く舌先を絡め合って口を離す。

彼女の目が潤み、発情の色を帯びた。

「んむっ……れろっ……」

再びキスをして、舌を愛撫し合う。

ぎゅっと抱きつきながら、舌を動かしてくる彼女。

「ん、ちゅ……ぺろっ……あふっ……」

舌先を絡め合いながら、押しつけられる爆乳の柔らかさを感じる。

「んっ……」

口を離した彼女はすっかりとスイッチが入った蕩け顔になっており、それも俺の興奮を煽る。

当然、肉竿に血が集まっていった。

「ん、シュタール」

彼女は身を寄せながら、小さく身体を動かす。

爆乳おっぱいが柔らかく俺の身体を擦り上げ、同時に彼女の腿が、股間をなで上げてきた。

「ここ、もう硬くなっていますわ♪」

「ああ。フリソスがエロいからな」

「ふふ、わたくしとのキスと抱擁で、こんなにガチガチにしたんですのね♪」

嬉しそうに言う彼女は、そのまま下へと身体を動かしていった。

膝立ちになったフリソスが、俺の股間の前へと顔を寄せる。

そしてそのまま、ズボンへと手をかけてきた。

「こんなに膨らませて……ズボンがパンパンですわ」

そう言って、そのまま下着ごとズボンを下ろしてきた。

「きゃっ♥」

解放された肉棒が勢いよく飛び出し、彼女の顔に突きつけられる。

勃起竿を目の前にして、フリソスは嬉しそうな悲鳴をあげた。

「ああ……♥　おちんぽ、こんなに逞しく……」

彼女は肉竿をきゅっと握った。

細い指が幹を包みこむ。

「んっ……」

彼女が軽く手を動かし、優しくしごいてくる。

そのもどかしい刺激に、肉棒はますます怒張した。

「ガチガチのおちんぽ♥　もっとしてほしい、とえっちにおねだりしているみたいですわ♪」

フリソスは嬉しそうに言うと、亀頭へと顔を寄せていく。

「れろっ♪」

「うぁ……」

そして舌を伸ばし、先端を舐めあげた。

「ん、ぺろっ……ちろっ……」

そのまま舌先で、先端を舐め回してくる。

温かな舌が亀頭を濡らしていく。

「ん、れろんっ♥　唾液で濡れているのも、えっちですわね……ん、れろろろっ」

「あぁ……それ……」

彼女は舌を回すように動かして、先端を責めてくる。

「ん、ぺろろっ、れろろろろっ……」

敏感な先端ばかりをローリングで刺激され、気持ちよさと同時にもっと快感が欲しくなってくる。

俺が腰を突き出すようにすると、フリソスは上目遣いにこちらを見つめた。

「あらあら……そんな風におちんぽをこちらへと差し出して……あむっ♪」

「おぉ……！」

彼女がぱくりと肉竿を咥え込んだ。

濡れた口内が肉棒を包み、唇が幹を刺激する。

「ん、ちゅぱっ♥」

音を立てながら、咥えた肉竿を愛撫するフリソス。

静かに座っているときは、威圧感があるほどの美人。

そんな気高い美貌のフリソスが、俺のチンポをしゃぶっている。

「ちゅぷっ、ん、はぁ……♥　ちゅぱ」

肉竿を咥え込んだ、はしたないフェラ顔。

「んむっ、じゅぶっ、じゅるるっ……」

顔を前に出し、肉竿を深く咥え込んでいく。

「じゅぶっ、れろっ、ちゅぱっ♥」

彼女は半ばほどまで肉棒を咥えこみながら、頭を動かしていく。

唇が肉竿をしごき、上顎が亀頭を擦り上げる。

「う、あぁ……」

「じゅぼっ、じゅっるっ……ん、シュタールの顔、気持ちよさそうに蕩けてますわ♥」

「あぁ……すごくいいよ」

チンポを咥えながらの上目遣い。

そのドスケベ姿と、口内の気持ちよさに高められていく。

「んむっ、じゅるっ、れろっ……ちゅぱっ♥　先っぽから、れろっ♪　我慢汁があふれてきて、ん、ちゅぅ♥」

フリソスは舌先で先走りを舐め取り、さらに吸い出すようにしてくる。

その快感に、肉竿は射精準備を始める。

「ん、じゅぷっ、れろっ……先っぽ、パンパンに張り詰めて、れろっ、じゅるっ……ん、もう出そうなのですわね……」

「ああ……」

俺がうなずくと、彼女はさらに深く肉棒を咥え込んだ。

「んぐっ、ん、じゅぼっ……」

喉がきゅっと肉竿を締め、引き抜く動作で上顎が亀頭を磨き上げる。

「じゅぶっ、ちゅぱっ、れろっ、じゅるるるっ！」

さらにバキュームも行われ、その口淫に俺は追い詰められていった。

「フリソス、もうっ……！」

「ん、じゅぼぼぼっ！　いいですわよ。じゅぶっ……わたくしのお口で、じゅっるっ、精液、ん、じゅぽっ、どっぴゅんしてください。じゅるるるっ！」

「あぁ……」

こみ上げてくるものを感じ、身を固くする。

「じゅぶじゅぶっ！　じゅるっ、れろっ、ちゅぅっ……！　じゅぽぽっ、れろっ、ちゅぱっ♥　じゅるっ、じゅぶぶぶっ！」

彼女は激しく頭を動かし、バキュームを交えながら肉棒をしゃぶり尽くしていく。

「じゅるっ、ちゅぱっ、じゅぼっ！　れろれろれろっ！　じゅぶぶっ、ちゅぅぅっ♥」

「ああ、出るっ……！」

俺は快感のままぐっと腰を突き出す。

「じゅぶっ、ちゅぱっ♥　じゅるるるるるるっ！」

そこを思い切りバキュームされ、俺は彼女の口内で果てた。

「んんっ、ん、んくっつ、じゅるっ、ちゅぅっ！」

「フリソス、うぁ……！」

彼女は射精中の肉棒にしゃぶりつき、精液を吸い上げていく。

「ん、ちゅぅっ、ごくっ、じゅるっ！」

放たれる白濁を飲み込み、さらに肉竿を吸ってくる。

「んんっ、ちゅぱっ、ん、ごっくん……♥　あふっ……」

そして精液を飲み終えた彼女が、ようやく肉竿を口から離す。

「ドロッドロの精液、わたくしの喉に絡みついて、すっごく卑猥ですわ……♥」

そう言ってうっとりとする彼女こそドスケベだ。

「シュタール、ん……」

彼女の顔は上気し、着崩れた服からその爆乳がこぼれ落ちている。

目を惹くそのおっぱいの先っぽで、乳首がつんと尖っていた。

俺は彼女を抱き上げると、ベッドへと運ぶ。

「あっ、んっ……」

仰向けに横たわった彼女は、期待の目を俺へと向ける。

発情顔のフリソスに見上げられ、俺は一度出したばかりだというのに欲望が抑えきれそうにない。

彼女に覆い被さり、その服を脱がせていく。

元々露出の多い服だ。

すぐにフリソスの白い肌があらわになっていく。

「シュタール、ん、あぁ……」

小さなショーツ一枚だけになった彼女の肌を撫でながら、下へと向かっていく。

「もうぐちょぐちょになってるな」

「ひぅっ♥」

そう言いながら、下着越しの割れ目をなで上げる。

彼女のそこはもう愛液がしみ出し、濡れた下着が張り付いている状態だった。

その最後の一枚に手をかけ、下ろしていく。

「はぁ……あぁ……♥」

フリソスは羞恥よりも、期待でいっぱいのエロい吐息をもらす。

下着を脚から抜き去ると、俺は彼女の腿をつかみ、がばりと足を広げさせた。

「あぁ……！」

彼女は恥ずかしそうに顔を横へと向けたものの、濡れたおまんこはこちらへと突き出されている。

はしたなく脚を広げ、びしょびしょの割れ目も待ちきれないとばかりに花開く。

蜜をあふれさせるおまんこが、ピンク色の内側を見せつけて誘っていた。

俺は滾る肉棒を、その入り口へとあてがう。

「ん、あふっ……」

そしてすぐにそのまま、腰を進めていった。

「あぅっ、ん、ああっ！」

十分以上に濡れているおまんこが、スムーズに肉棒を受け入れていく。

膣襞を擦りながら奥へと侵入していくと、膣道が喜ぶようにきゅっきゅっと締めつけてきた。

「あふっ、わたくしの中に、ん、シュタールの、太いのが、ああっ……♥」

腰を突き出した格好で、肉竿を深く受け入れていくフリソス。

スムーズな侵入とは裏腹に、膣道は肉竿をキツく締めつけてくる。

俺はその膣内を、往復していった。

これだけ濡れて喜んでいるのだ。最初からリズミカルに動かしても気持ちいいだろう。

「んあっ。あっ、ん、ふぅっ……♥」

彼女は喘ぎ声をあげて、俺を見上げた。

「ん、はぁっ、あっ、んぅっ！」

抽送を行うと、彼女が感じ、膣内が反応する。

それに合わせて、俺はさらに腰を動かしていった。

「あっ、んはぁっ♥　シュタール、あっ、ん、はぁ！」

嬌声をあげて乱れていくフリソス。

足を大きく上げて、おまんこをこちらへと突き出すような、エロい格好。

ピストンに合わせて揺れる爆乳もそそる。

「あふっ、おちんぽ、奥まで来てますわっ♥　ん、ああっ、そのまま、わたくしの全部を、ん、はぁっ、ああっ！」

肉竿が膣奥を突き、フリソスが声をあげていく。

「んはぁっ♥　あっ、ん、ふぅっ……」

うねる膣襞を擦り上げてピストンを行っていった。

「シュタール、あっ、すごい、んぁっ♥　もっと、ああっ！」

快楽に蕩けていくフリソスの中を往復し、高め合っていく。

そうして勢いを増し、抽送を繰り返していく。

「んぅっ♥　あっ、ん、はぁ、もう、イクッ！　わたくし、んはぁっ、イキますわっ！　ん、あっあっ♥」

嬌声をあげて乱れる彼女を眺めながら、腰を打ちつけ、膣奥へと突き込んだ。

「んはぁっ、あっ、ん、イクッ！　んぁ、ああっ！　イクイクッ！　ん、あっあっあっ♥　んぉ、イクウゥゥゥゥッ！」

高く喘ぎながら、フリソスが絶頂を迎えた。

その膣内がぎゅっと締まり、肉竿に射精を促してくる。

子宮口もくぽっと亀頭に吸い付き、子種をねだってきた。

「フリソス、出すぞ！」

その絶頂おまんこの締めつけに乞われるまま、俺も限界を迎える。

「んはぁっ♥　あっ、イってるおまんこに、んぁ、出してぇっ♥」

どびゅっ、びゅくびゅくっ、びゅくんっ！

彼女の膣奥で射精する。

「んはぁぁっ♥　熱いの、わたくしの奥っ、ベチベチあたってますわ、んあっ♥」

フリソスは中出しを受けてまた嬌声をあげながら、膣内を締めてくる。

俺はその中に精液を注ぎ終えると、肉竿を引き抜いていった。

「んぁっ、あぁ……♥」

彼女は脚を大きく開けたはしたない格好のまま、快楽の余韻に浸っている。

そのおまんこからは、混じり合った体液がどろりとあふれていた。

「あぅっ……」

気づいた彼女が、恥ずかしそうにしながら脚を閉じる。

そんな彼女が可愛らしく、俺は覆い被さって彼女を抱きしめた。

なめらかな肌と、柔らかな爆乳。

行為後の火照った身体を感じながら、しばらくそうして抱き合っていたのだった。

エピローグ　元悪役令嬢ハーレムライフ

数年後。学園を卒業した俺は、公爵として王都近くの土地を与えられた。

かつては大叔父が治めており、その後は国王預かりになっていた土地だ。

現代流に言えば郊外にあたるような、それなりに物も入ってくるし、王都へのアクセスもいいという恵まれた場所だ。

基盤もすでにできあがっており、優秀な役人もいるため、俺の仕事はそう多くはない。

役人が不正をしないよう目を光らせる、というのが実際にはいちばんの役割ということになるのだろう。

日々の仕事は、役人がチェックを終えた書類へ目を通してサインをすることだ。

もちろん、領主ではあるので思いつきでなにかをすることはできるし、書類の内容について問うこともできる。

また、フリソスたちを破滅から救うために行っていた根回しによって、一部の貴族の間では、俺の顔というのはそれなりに力を持っていた。

第一王子やフリソスたちの家への敵対勢力を排除していったため、真っ当な政治家というよりは裏の部分よるものではあるが。

それでも、俺がこのシュタールという転生人生をこれからも活かすなら、きっちりと書類仕事をこなしつつ、表の生き方のほうがいいだろう。

この土地はすでに様々な整備がなされていて、改めて公共事業をというような場所ではない。だから、できることは少ないのだがな。

どちらかというと今あるものの維持や、補修などが求められている。

あとは、聖属性の持ち主による悪しき者の封印をサポートした王子……として築かれた、人々からの好印象を維持することだろう。

同時に、カスティロスとの関係も重要だ。そこも十分に気をつけている。

俺についてきたブラーティーン家の三姉妹の話も出回っているが、当初の浮ついた噂話はどこへやら、今では街でも領主夫人やその妹として、好意的に受け止められているのだった。

まだ領主に就任したばかりだということもあり、王都に顔を出す機会もあるのだが、姉妹たちの存在感の強さを思い知った。俺よりもずっと人気があるかも知れない……。

そんなこんなで、領主としての新生活はそれなりに充実し、現世での生活とは違って生活にもかなりの余裕がある。

なにより、三姉妹が側にいていちゃいちゃと過ごせるのだから、それ以上に望むものなどないだろう。

俺は、平和なハーレムライフを謳歌していた。

夜、代わる代わる訪れることが多い三姉妹だが、今夜は珍しく三人がそろって、俺の元を訪れたのだった。

すでにゲームでの物語は終わり、俺たちは新しい日々を送っている。

設定上の悪役令嬢ではなくなり、周囲からも評価される魅力的な美女になった彼女たちが、俺の元へと身を寄せてくる。

「今日は三人でご奉仕して差し上げますわ」

そう言いながら、フリソスが俺の身体を軽く撫でる。

「むぅ、姉様たちは一緒に住んでるんだから、あたしが来たときは譲ってくれたらいいのに」

そう言いながら、クプルムが反対側から抱きついてくる。

柔らかな胸が、むぎゅっと押しつけられて心地いい。

彼女だけはまだ学生であり、普段は学園寮で過ごしている。

「そうは言っても、間をあけずに来ているではないですか」

フリソスの指摘するとおり、クプルムは頻繁にこちらへと通っている。

まあ、距離も近いし、学園はそのあたりもかなり融通が利くからな。

「そうだけどぉ」

あっさりと認めたクプルムが、そのまま俺の身体へと手を這わせていく。

「ほら、ちゃんと三人で」

声をかけたプラタが、俺のズボンへと手を伸ばしてきた。

「ふふっ、三人がかりだから、きっとシュタールもすぐに出しちゃうわよ♪」

楽しそうに言いながら、クプルムとフリソスが自身の服をはだけさせていく。

たぷんっと揺れながら現れるおっぱい。

思わず目を奪われていると、プラタが俺の下半身を脱がせていく。

「シュタールさんのここも、もう期待しているみたいですね」

三人の美女に囲まれ、さらに生おっぱいを目にすれば、それも当然だった。

「それじゃさっそく」

「わたくしたちのお口で、この子を、れろっ！」

「うぁっ……」

三人が俺の股間へと顔を寄せ、フリソスが我先にと舌を伸ばしてきた。

「あたしも、ぺろっ！」

「シュタールさん、ちゅ♥」

クプルムも舌を伸ばし、プラタは亀頭にキスをしてきた。

「ちろっ……」

「さすがに三人だと、れろっ。ちょっと舐めにくいね」

「おちんぽの根元から先っぽまでを三人で、れろぉ♥」

彼女たちが綺麗な顔を寄せ合って、俺のチンポを舐めている。

その光景はエロく、とても豪華だ。

まさにハーレムらしい光景といえる。

「ん、ちろろろっ……」

「ぺろぉ……れろっ」

頬をくっつけるようにしながら、それぞれ肉竿へと舌を伸ばしている。

根元から先端へかけて舌が這い、そのタイミングが三人ランダムであるために、不規則な刺激を与えてくる。

「んっ、先っぽのところを、ちろちろちろっ！」

「うぁ……」

クプルムが鈴口の辺りで小刻みに舌先を動かしてくる。

敏感な所を責められて思わず声を漏らすと、クプルムは笑みを浮かべ、さらに舌先愛撫を続けてきた。

「ん、それならわたくしはおちんぽの根元を、あむっ、ちゅぷっ！」

フリソスは顔を横にして、幹を唇で挟み込んだ。

「あむっ、ん、ちゅぱっ……」

そしてそのまま、頭を動かして根元のほうを唇で軽くしごくようにしてくる。

根元と先端をそれぞれに刺激され、気持ちよさが膨らんでいった。

「ふたりとも、すっごくえちにご奉仕してますね♪」

プラタが俺を見上げて、笑みを浮かべる。

そして彼女は、姉妹に肉竿を任せると、さらに下へと動いた。

「シュタールさんの精液を作っているタマタマ、れろっ」

「おぅっ……」

彼女の舌が、陰嚢を舐めあげる。

肉への愛撫とは違う不思議な刺激に、反応してしまう。

「ん、おちんぽ、ぴくんってしましたわね」

その反応は、肉棒に愛撫している姉妹たちにも伝わった。

「れろろっ……あたしたち三人になめなめされて、白いの、すぐでちゃう？」

挑発するように言いながら、舌先で鈴口をくすぐるクプルム。

そのメスガキ的な態度には反射的に反抗したくなってしまうが、実際、三人に亀頭から陰嚢まで男性器全体を愛撫されていて、すぐにでも出してしまいそうなのは事実だった。

複数の気持ちよさが襲いかかってくること自体も気持ちがいいし、何より三人の美女が俺の股間へと顔を寄せている光景がまたエロい。

「んむっ、ちゅぱっ、じゅぷっ……太い幹を、唇で、ん、はぁっ……♥」

「シュタールの敏感な先っぽ、ちろろろっ……」

「タマタマを舌の上で転がるように、れろぉ」

「うぁ……三人とも……」

彼女たちがそれぞれに愛撫を行っていく。

クプルムは先端を舌先で激しくくすぐるように舐め、プラタは陰嚢を慈しむように優しく刺激をしてくる。

その感覚は、ひとりではありえないもので、ハーレムプレイならではの気持ちよさを送り込んできていた。

「ん、れろっ……先っぽから、えっちなお汁が出てきてるわよ？　ちろろろっ」

クプルムがあふれる先走りを舐め取り、さらに舌先を侵入させようとする。

「あんっ、おちんぽもぴくんと反応して、ん、じゅぶっ……」

フリソスが幹を唇でしごき、さらに射精欲をくすぐる。

「れろぉ……シュタールさんのタマタマ、きゅっと上がってきてますね。もうお射精の準備をしてるんですね。あむっ」

そしてプラタが、つり上がった睾丸をはむはむと優しく咥えて愛撫してくる。

「ああ、もう出るっ……」

そんな三人の連携フェラで、俺はもう限界だった。

「ん、ちゅぱっ、いいわよ。あたしたちのフェラで、れろっ、降参射精、しちゃいなさい♪」

そう言ったクプルムが、先端を咥える。

「じゅぶぶっ、じゅるっ、ちゅうちゅう♥」

そしてチンポをストローのようにして、精液を吸い出そうとバキュームしてきた。

「ん、わたくしも、じゅぱじゅぱ、じゅぷっ！」

フリソスが幹をしごき、こちらも射精を誘う。

「んむ、れろれろっ、はむっ」

プラタも射精に向けて引っ込む睾丸をサポートするようにしながら、刺激を与えてきた。

「んふふっ、それじゃ出しちゃえ♪　ちゅぱっ、じゅるっ、ちろちろっ、ちゅぅぅぅ♥」

「ああっ！」

その吸い付きに促されるまま、俺は射精した。

「んむっ、ん、んくっ、じゅるっ……」

クプルムは先端に吸い付き、飛び出す精液を飲み込んでいく。

「んくっ、ん、ちゅくちゅくっ！」

「うぁ……！」

さらに、もっと出せと言わんばかりに肉棒を吸ってくる。

その快感にされるがまま、精液を放っていった。

「ん、ちゅぱっ……♥」

そして精液を吸い終えると、クプルムが口を離す。

「あふっ、シュタールのドロドロ精子、いっぱい出たね……♥」

クプルムは淫靡な笑みを浮かべながら言った。

三人によるフェラご奉仕は、その気持ちよさはもちろん、見た目のインパクト的にも満足感の高いものだった。

一対一ももちろん素晴らしいが、複数の美女と夜をともにするのは、ハーレム感が強くて素晴らしいものだ。

さすがに連日となると身体が持たなそうだが。

「シュタール、次はどうしたい？」

クプルムが潤んだ瞳で問いかけてくる。

「シュタールのタマタマ、まだずっしりとしてますわね」

フリソスが陰嚢へと手を伸ばし、そこを軽く持ち上げるようにしながら、優しく揉んでくる。

「それなら次は、私たちの中で気持ちよくなってくださいね」

「ああ」

俺はうなずいて、彼女たちに向かい合う。

三人は一糸まとわぬ姿になって、ベッドの上で姿勢を変えた。

「おぉ……」

その光景に、思わず声が出る。

三人の美女が四つん這いで並び、こちらへお尻を向けている。

生まれたままの姿である彼女たちのおまんこが、俺を求めているのだ。

彼女たちのそこはもう濡れており、その割れ目から愛液を垂らしている。

男冥利に尽きるような、淫猥で豪華な光景。

俺が思わずその絶景を楽しんでいると、彼女たちが待ちきれないとばかりに誘ってきた。

「シュタール、んっ、見てばかりいないで……」

「私たちのここに、シュタールさんの逞しいおちんぽ、挿れてくださいっ♥」

そう言って、プラタが自らの割れ目を指で押し広げた。

くぱぁと開かれた陰唇の向こうで、ピンク色の内側が卑猥にヒクついている。

とろりとこぼれる愛液と、香るメスのフェロモン。

俺はそこへ吸い寄せられるように、近づいていった。

「んっ……」

そのお尻をつかむと、プラタが可愛らしい声を出した。

俺は滾る剛直を、そんな彼女の膣口へとあてがう。

「いくぞ」

「はいっ、きてください、んぁっ！」

待ちきれず、返事をもらってすぐに挿入する。

彼女の熱く濡れた膣内が、肉棒を迎え入れた。

「んはぁっ♥　あっ、んっ……！」

プラタの膣内が肉竿を咥えこんで吸い付いてくる。

俺はそのまま、腰を動かし始めた。

「あふっ、ん、はぁっ、シュタールさんの、おちんぽ♥　私の中を、ん、あっ、はぁっ♥」

彼女は気持ちよさそうに声をあげていく。

膣襞を擦り上げて往復すると、喜ぶように締めつけてくるおまんこ。

俺はペースを上げながら腰を振っていった。

「シュタール、わたくしも、んっ……」

その隣で、フリソスがお尻を振って誘ってきた。

強気な見た目の派手な美女が、おまんこをさらしながら、お尻を振っておねだりしてくる。

その光景は男心を強くくすぐる。

俺は一度プラタから肉竿を引き抜くと、フリソスのおねだりおまんこへと挿入した。

「んはぁっ♥　あっ、太いの、いきなりきて、いいっ♥」

彼女は喜ぶように声を出して、肉棒を受け入れる。

その欲しがりな蜜壺へ腰を打ちつけていった。

「んあっ！　あっ、ん、はぁっ……！」

細い腰をつかみながら、ピストンを行う。

フリソスは身体を揺らしながら感じていった。

「んっ、あぁ、あふっ、んあっ♥」

そのままある程度往復した後、俺はクプルムのほうを見た。

俺の視線に気づいた彼女は、アピールするように自らの手でおまんこを広げる。

普段は生意気な彼女の従順なドスケベおねだりに、俺はフリソスから肉竿を引き抜き、クプルムのところへと向かう。

そして次は彼女のおまんこに挿入した。

「あっ、ん、はぁっ♥」

クプルムは小さな身体で肉棒を受け入れると、すぐにきゅっと膣内を締めてくる。

俺はその狭い膣内を往復していった。

「ああっ、太いの、んぁ、あたしの中、ズンズンついてぇっ♥ ん、はぁ、ああっ！」

待っていたぶん敏感になっていた彼女は、嬌声をあげて乱れていく。

俺はまたしばらくクプルムのおまんこを楽しむと、再びプラタへと挿入していく。

「んはぁっ！ あ、シュタールさん、ん、ふぅっ♥」

プラタのおまんこを突いている間にも、ふたりのアソコが濡れながら差し出された状態だ。

「んぁっ、あっ、んはぁっ♥」

「シュタール、ん、くぅっ♥」

入れては抜き、すぐにまた入れる。

三人のおまんこを、代わる代わる味わっていくことにした。

複数の美女を同時に抱く、男として満たされた状態。

彼女たちの淫猥な香りが部屋に満ちて、俺の欲情をかき立てる。

オスの本能が差し出されたおまんこへの種付け欲求で膨らみ、その興奮に任せて、俺は彼女たちに腰を振っていった。

「んはぁっ♥ あっあっ、ん、くぅっ！」

「シュタールさんの、あっ♥　逞しいおちんぽが、んはぁっ！」

「もっと、ん、あたしの奥をズンズン、んくぅっ！」

順繰りに三人のおまんこに挿入し、その膣内をかき回していく。

「んっ、あっあっ♥　そこ、ん、くぅっ！」

「あう、ん、はぁっ、イキそ、ん、はぁっ♥」

「あんっ、ん、はぁっ、気持ちよすぎて、んぁ、ああっ！」

彼女たちも高まり、絶頂が近づいているようだった。

俺のほうも、一度出したとはいえ、絶え間なく三人のおまんこに挿入しているため、そろそろ限界だ。

「プラタ、しっかり身体を支えていてくれ」

「はい、ん、はぁっ♥」

俺は真ん中のプラタに挿入し、ピストンを行いながら、左右の手でフリソスとクプルムのおまんこをいじっていく。

「んぁ、あっ、指が、ん、くちゅくちゅ、んはぁっ♥」

「あぅ、シュタール、そこ、あっ、だめぇっ……♥」

ふたりの嬌声が聞こえ、俺は耳で癒やされながら手を動かしていく。

「シュタールさん、あっ、ん、私、もう、イクッ！　ん、はぁっ……♥」

「ああ」

俺はラストスパートで腰を振っていく。

プラタの膣襞を擦り上げ、その膣奥を突いていった。

「んぁっ、ああっ、シュタールさんっ♥　イクッ♥　ん、あっあっ！」

そして同時に、左右の手でふたりのおまんこをいじっていった。

膣穴の浅いところを刺激し、クリトリスにも指を伸ばす。

「んはぁっ！　あっ、わたくしも、あっ、イクッ！」

「んぁ、ああっ、シュタールの手で、んぅ、イかされちゃうっ♥」

三人の嬌声が響き、三ヶ所同時におまんこを感じる。

ハーレムプレイを存分に楽しみながら、俺も上り詰めていった。

「んはぁっ、あっあっあっ♥　イクッ、イきますっ、ん、はぁっ！」

「あぁっ♥　ん、ふぅっ、あっ、ん、ふぅっ……♥」

「ひぅ、う、あぁっ、はぁ、イクッ、ん、くぅっ！」

乱れる三人を眺め、興奮を感じ取りながらピストンを行う。

そしてそのまま、高まっていった。

「んぁっ、ああっ、イクッ、ん、ああっ！」

「わたくしも、もう、ん、はぁっ♥」

「このまま、ん、あっあっ♥　イクッ！　ん、あぁっ♥」

「あぁっ、シュタールさんも、ん、あっあっ、イクッ、んはぁ、イクイクッ！」

嬌声が重なり、ぐちゅぐちゅのおまんこが卑猥な音を奏でる。

そして三人が声を合わせる。

「「「イックウウゥゥゥッ！」」」

びゅくっ、びゅるるるるるっ！

それに合わせて、俺も射精した。

「ああっ♥　ん、はぁっ……♥」

中出しを受けたプラタが身体をのけぞらせ、膣内をきゅっと締めながら精液を搾りとっていく。

うねる膣襞の気持ちよさを感じながら、精を吐き出していくのは最高だった。

「あぁ……♥　ん、ふぅっ……」

そして肉竿を引き抜くと、後ろへと座り込んだ。

彼女たちの姿勢も崩れていくが、おまんこはこちらへと向けられたままだ。

その濡れたアソコを眺めながら、三人を同時に抱くという充実した時間の余韻に浸る。

「シュタール」

そんな俺のほうへとフリソスが振り返り、四つん這いのままこちらへと近づいてきた。

爆乳が揺れる光景もまたエロく、素敵だ。

フリソスはそのまま覆い被さるように抱きついてきた。

そんな彼女を受け止めながら、抱き返す。

柔らかな爆乳が押し当てられる気持ちよさを感じていると、クプルムもこちらへときた。

「もう、ひとりだけそうやって、えいっ！」

彼女もそのまま、俺へと抱きついてくる。

横側から抱きついてきて、自らの脚を俺の脚へと絡めてきた。

太股に濡れたアソコがこすり付けられる。

「わ、私もっ……」

そしてクプルムの反対側から、プラタもやや控えめに身を寄せてきた。

裸の三人に抱きつかれ、むぎゅむぎゅと身体を押し当てられる。

それはとても心地よく、普段なら盛ってしまうところだが、二度出したあとの今は、やや平静に
その気持ちよさに浸ることができた。

乙女ゲーの世界にモブとして転生した。

その覚醒のときに思い描いた夢のハーレムよりも、ずっと幸せな状況だ。

本来なら悪役令嬢として破滅を迎えるはずだった彼女たち。

絶世の美女に愛され、求められる生活。

すでに問題は解決し、これからもこの幸せな暮らしが続いていくのだ。

俺はその幸福に包まれながら、三姉妹に抱きつかれ、まどろんでいくのだった。

END

あとがき

みなさま、こんにちは。もしくははじめまして。赤川ミカミです。

嬉しいことに、今回もパラダイム様から本を出していただけることになりました。

これもみなさまの応援あってのことです。本当にありがとうございます。

さて、今作は乙女ゲームの世界にモブとして転生した主人公が、悪役令嬢に転生したヒロインに助けを求められ、彼女と姉妹を破滅から救ってハーレムを作る、という話です。


本作のヒロインは三人。

まずは三姉妹の長女であり、王道悪役令嬢のフリソス。

悪役令嬢らしい派手な美人であり、公爵令嬢という地位と、その言動のきつさから恐れられている存在です。

地位に見合った能力を求める彼女は、貴族のルールから外れた存在である原作キャラとはもめてしまい、破滅を迎えることになり、破滅回避を狙う主人公からしても、賢く気高い女性であるからこそ、対処が難しい存在でもあります。

次に、次女のプラタ。

彼女は主人公と同じ転生者であり、姉妹の破滅的な未来を知っているため、それを回避しようと、主人公を頼ってきます。

原作内では一番の悪女である彼女ですが、転生者である今は、ちょっと暴走しがちながらも悪役とはほど遠い性格となり、未来を変えるために行動していくことになります。

最後は、三女のクプルム。

一番年下の彼女は、その恵まれた家柄と、持って生まれた高い才能から、わがまま放題に育っています。

反面、良くも悪くも素直な少女なので、一度認めたあとは主人公に懐いてきます。

そんなヒロイン三人との、異世界いちゃらぶハーレムをお楽しみいただけると幸いです。


それでは、最後に謝辞を。

今作もお付き合いいただいた担当様。いつもありがとうございます。またこうして本を出していただけて、本当に嬉しく思います。

そして拙作のイラストを担当していただいた「黄ばんだごはん」様。本作のヒロインたちを大変魅力的に描いていただき、ありがとうございます。特に、カラーイラストのハーレム感や密着感が素敵です！　ほんとうに色彩が綺麗で、見とれてしまいました。

最後にこの作品を読んでくれた方々。過去作から追いかけてくれた方、今回初めて出会った方……ありがとうございます！

これからも頑張っていきますので、応援よろしくお願いします。

それではまた次回作で！

二〇二三年三月　赤川ミカミ

KiNG novels

キングノベルス

悪《あく》役《やく》令《れい》嬢《じょう》ハーレムエロス！
～悪《あく》役《やく》三《さん》姉妹《しまい》は設定《せってい》どおりの破滅《はめつ》へは向《む》かわず、俺《おれ》に抱《だ》かれ幸《しあわ》せになる～

2023年 4月27日　初版第１刷 発行

■著　　者　　赤川ミカミ
■イラスト　　黄ばんだごはん

発行人：久保田裕
発行元：株式会社パラダイム
〒166-0004
東京都杉並区阿佐谷南1-36-4
三幸ビル4A
TEL 03-5306-6921
印刷所：中央精版印刷株式会社

KN112

才能なし努力家の
第一王子に転生した結果
英雄ハーレム完成！
第一王子として恵まれた異世界転生をしたはずのフォルツ。
しかしスキルに恵まれず、王族としての評価は最低だった。
そんな境遇であっても気にせず努力を続けた彼は、魔女ネーフィカや姫騎士ミューチとの出会いでチャンスを掴み取り、
聖女ピエタも加えたハーレムな日々を過ごしていくことに！
愛内なの
Nano Aiuchi
illust: 黄ばんだごはん